吉田雄亮

北町奉行所前腰掛け茶屋
夕影草

実業之日本社

実業之日本社文庫

北町奉行所前腰掛け茶屋　夕影草／目次

第一章　銘菓大名羊かん　5
第二章　乗りかかった舟　34
第三章　古傷は痛み易い　55
第四章　鼻薬をかがせる　84
第五章　長者富に飽かず　107
第六章　抜き差しならぬ　134
第七章　日暮れて道遠く　170
第八章　西の海へさらり　218

第一章　銘菓大名羊かん

一

京都の聚楽第で催した茶会で、豊臣秀吉が諸大名に自慢した銘菓があった。駿河屋の羊かんである。

茶会に招かれた客のなかに生来の負けじ魂から、その羊かんに対抗心を燃え上がらせた大名がいた。

帰国するなり、加賀の前田利家は家臣に、

「加賀国で、日本一の羊かんをつくれ」

と命じた。

羊かんづくりの職人を求めて走り回った家臣が見つけだしたのは、菓子づくりの職人ではなく、甘味づくりに興味を持つ金物商だった。

金物商忠左衛門は、苦心惨憺の末、他に類を見ない、美味な羊かんをつくり上げ、菓子舗〈藤むら〉と称して、前田家に献上した。

羊かんのあまりのおいしさに感嘆した利家から、藤むらの初代忠左衛門は名字帯刀を許される。

その後、淡泊な味の藤むらの羊かんは、加賀藩御用達、加賀の銘菓として君臨しつづけた。

宝暦の頃、重臣たちのすすめもあり、藤むらは十代藩主重政の江戸出府にしたがって江戸へ出、加賀藩上屋敷の赤門近くに甘味茶屋を出した。

本郷四丁目附木店東の裏通り、日蔭町にその見世はある。

大名相手の甘味茶屋として、藤むらは江戸でも繁盛していた。

藤むらには大名を通す座敷のほかに、町人相手の、土間に飯台を数卓ならべた一画が設けられていた。

その土間に弥兵衛の姿がある。

髪を町人髷に結った、小柄で痩身、白髪交じりの長い顔、こぢんまりとした目鼻立ちで五十代後半の、見るからに風采の上がらない弥兵衛は、どこぞの閑を持て余した好々爺としか見えない。

が、弥兵衛は、かつては松浦弥兵衛という名の、北町奉行所に詰めていた例繰方与力であった。

例繰方とは、お仕置きにかかわる刑法例規取調、書籍編集をつかさどる役職である。

〈与力・同心にとって御法度を習う教場の如し〉

と評されるほどの厳格極まる役職であった。

弥兵衛は内役の例繰方に、見習い与力として出仕したときから退任するまで、北町奉行所が扱った事件のすべてを、調書をもとに書き記し、編纂してきた。

控えてきた事件のあらかたのところは記憶している。豪語ではなく、それが弥兵衛の自慢とするところであった。

殺伐としたお仕置きについて書き記す日々を送ってきた、弥兵衛の唯一の楽しみは料理と甘味づくりだった。

弥兵衛が料理や甘味づくりに興じたのには、わけがある。

妻の静が紀一郎を産み落とした後、産後の肥立ちが悪く急死したために始めたことであった。

家督を嫡男松浦紀一郎に譲った弥兵衛は、北町奉行所前にある腰掛茶屋を、老齢のため売りに出していた主人から買い取り、茶屋の主人におさまっている。

弥兵衛が茶屋を買ったのは、長年陰日向なく働いてくれた下女のお松の行く末を案じたからでもあった。

お松は、乳飲み子を抱えて苦労している弥兵衛を見かねた隣の屋敷の主、中山甚右衛門の父左衛門が、懇意にしていた口入れ屋に頼んで手配してくれた下女だった。

大工だった亭主が、半年前に酒の上の喧嘩で土地のやくざに刺し殺され、後家になったお松が、弥兵衛の屋敷に下女として奉公に上がったのは二十歳になったばかりのときだった。

小太りで丸顔、どんぐり眼のお松は、よく気のつく、気のいい女だった。

紀一郎の面倒を見ながら、弥兵衛の世話をしているうちに歳月が流れ、お松は五十の齢を数えている。

いまお松は、弥兵衛のよき相方として、遠縁にあたる千住宿の鍼医者の娘、お加代とともに茶屋を切り盛りしてくれていた。

茶屋を始めたとき、弥兵衛は、自分で工夫した甘味や評判になっている名物甘味などをつくって毎月客に供しよう、と決心した。

藤むらに弥兵衛がやってきたのは、大名羊かんとも呼ばれて評判になっている銘菓、藤むらの羊かんの味を、自分の舌でたしかめるためだった。

入手した甘味づくりの指南書に、羊かんをつくる方法が二種類記されていた。そのことが、弥兵衛に藤むらへ行き、羊かんの味をあらためてみよう、と思い立たせた。

飯台に、運ばれてきた羊かんとお茶が置いてある。

茶を飲んで、湯飲みを飯台に置いた弥兵衛は、皿に盛られた羊かんを、添えられていた黒文字(くろもじ)で切り、一切れを手にして口へ運んだ。

ゆっくりと味わって食べる。

うむ、とうなずいて、首を傾げた。

さらに一切れ、手に取って口に入れる。

目を閉じた弥兵衛は、かみしめるようにじっくり口を動かした。

二

翌日明六つ（午前六時）、門番が、北町奉行所正門の扉を開けている。

北町奉行所の甍の向こうに定火消屋敷の火の見櫓が、その向こうに千代田城が、朝の日差しを浴びて聳え立っていた。

正門の向かい側にある一軒の腰掛茶屋の前で、見世開きの支度を終えたお松とお加代が肩をならべて、門扉が開く様子を眺めている。

門前には、すでに十数人の町人が、なかへ呼び込まれるのを待ってならんでいた。

町奉行所で日々取り扱う喧嘩口論、金銭貸借、間男、盗み、火元争い、詐欺、横領、家督争いなどの訴えや孝子、義僕、節婦、奇特者への賞表、御褒美を賜るために呼びだされた者たちだった。

弥兵衛のやっている腰掛茶屋は、北町奉行所内の公事人溜が手狭なために、呼びだされた者たちの待合場所として利用されていた。

同様な役割の腰掛茶屋は、南町奉行所の前にもある。

八丁堀風に小銀杏髷に結い、縞木綿の小倉の角帯を締め、素足に草履履きといっ

た出で立ちの下番と呼ばれる小者が、同心の指図のもと腰掛茶屋にやってきて、

「某町某の一件の者、入りましょう」

と声をかける。

呼ばれた客は、

「おい」

と答えて、北町奉行所へ入っていき、調所か白州へ行くと定められていた。

門が開かれ、小者に促されて、ならんでいた町人たちが町奉行所へ入っていく。

目を注ぎながら、お加代が話しかけた。

「お葉ちゃん、そろそろ旦那さまに連れられて、新しい奉公先の名主さんのところへ出かけるころだけど、大丈夫かしら」

「心配しているのかい。幼馴染みだから、気になるんだろうけど、心配は無用だよ。いろいろあったけど、お葉ちゃん、芯はしっかりしているから」

こたえたお松に、

「男に騙されて駆け落ちしたり、男の指図で旦那さまの動きを探って悪い仲間に知らせたり、いま考えてみると、とんでもないことをしてくれたと腹立たしいかぎり

だけど、やっぱりお葉ちゃんには幸せになってほしい。二度とあやまちを犯してもらいたくない。そばにいてやったほうがよかったんじゃないか、と、そんな気がしてならないんです」

沈んだ口調でお加代が応じた。

「お葉ちゃんにとって、悪いことをすべて知られているあたしたちと一緒にいるより、新しい奉公先で新たな暮らしを始めるほうがずっといいんだよ。悪いことを思い出す閑(ひま)もないほど日々の務めに追われているうちに、いろいろなことを忘れられる」

「そんなものですか」

「そんなものだよ。あたしも亭主に死なれたときには、この先どうしよう、と悩んでくよくよしていたけど、旦那さまのところに奉公して、紀一郎若さまや旦那さまの世話で、休む間もないほど働いているうちに、いつのまにか亭主に死に別れた悲しみが消えていた。お葉ちゃんも、そうなると思うよ」

「そうなるといいんだけど。うまくやってもらいたい」

独り言のように、お加代がつぶやいた。

三

本町の名主屋敷の客間に、弥兵衛とお葉はいる。お葉の傍らには大きな風呂敷包みがふたつ置いてあった。身の回りの品が入っているのだろう。

かつて北町奉行所の与力だったことを知る名主たちから、弥兵衛は町内の揉め事の相談を受けることが多かった。

事件が町奉行所の扱いになると、調べのため、当事者だけでなく大家も呼び出される。

時においては、名主・地主・家主まで呼び出され、町奉行所へ行かなければならない。

その煩わしさを避けるために、町年寄、名主ら町役人は、できうるかぎり町内で揉め事を落着するように心がけていた。

例繰方として勤め上げ、多くの事件に精通し、その上、茶屋の主人として町人と同じような暮らしをつづけている弥兵衛は、町役人にとって得がたい相談相手であった。

それゆえ、町役人たちは何か問題が起きるとすぐに、弥兵衛のもとへやってきた。

そんなかかわりがつづいているうちに、弥兵衛と親しく行き来するようになった名主が数人いた。

そんな名主のひとりに弥兵衛が、

「茶屋で働いているお葉という娘を、行儀見習いをかねて、どこぞの名主の下働きとして奉公させたい。心当たりはないか」

と持ちかけた。

「当たってみます。まかせておいてください」

二つ返事で引き受けてくれた名主が仲介してくれた相手が、久衛門(きゅうえもん)だった。

客間に入ってきた久衛門が、向かい合って座った。

姿勢を正して、弥兵衛が声をかけた。

「北町奉行所前腰掛茶屋の主人、弥兵衛です。お見知りおきを」

「腰掛茶屋の主人とは仮の姿。あなたさまのことは、名主仲間からいろいろと聞いております。こちらこそ、お見知りおきください」

頭を下げた久衛門に、笑みを浮かべて会釈(えしゃく)した弥兵衛が、顔を向けてお葉に告げた。

「お葉、名主さんに挨拶しなさい」

　小さくうなずいて、お葉が久衛門を見やった。

「葉です、お世話になります」

　深々と頭を下げた。

「お葉に何かあったら、請け人の私が、すべての責めを負います。何とぞよしなにお引き回しください」

　告げた弥兵衛に、久衛門が応じた。

「お葉さんのことは、何の心配もしておりません」

　視線をお葉に移して、つづけた。

「お葉、この場に下女頭のお豊（とよ）を呼ぶから、仕事のことや寝泊まりする部屋のことなど、すべてお豊から聞いておくれ」

「わかりました」

　硬い表情でお葉がこたえた。

「しっかり頼みますよ」

　笑みをたたえて応じた久衛門が、廊下に向かって二度手を叩いた。

「豊です。お呼びですか」

　廊下で控えていたのか、襖ごしにお豊が応じた。

「お入り」

「入らせていただきます」

　声が聞こえ、間を置くことなく襖が開けられた。

　入ってきたお豊が襖を閉め、向き直ってその場に控えた。

「お豊、名主仲間の口利きで働いてもらうことになったお葉だ。あてがう部屋へ案内し、下女仲間の四人と顔合わせをして、どんな仕事をやってもらうか指図しておくれ」

　声をかけた久衛門に、

「承知しました」

　こたえたお豊が、お葉に目を向けて声をかけた。

「豊です。みんなに引き合わせます。行きましょう」

　腰を浮かせた。

「はい」

　風呂敷包みを手に取りながら、お葉が弥兵衛に視線を走らせた。

「お世話になりました」

「しっかり、な」

声をかけた弥兵衛に頭を下げて、お葉が立ち上がった。

ふたりが客間から出て行ったのを見届けた後、弥兵衛が久衛門に目を移した。

「お葉のこと、よろしく頼みます。それでは、これで」

引き上げようとした弥兵衛に、久衛門が声を高めた。

「待ってください。相談に乗っていただきたいことがあります」

座り直して、弥兵衛が問いかけた。

「どんな話ですか」

「実は」

真顔になって、久衛門が身を乗り出した。

四

「みょうに気があって親しく付き合っている、本町の呉服問屋の糸倉(いとくら)屋さんが、大変なことになっています」

「大変なこと、とは」

鸚鵡返しをした弥兵衛に、久衛門が話し始めた。

糸倉屋は、駿河台に屋敷がある、旗本四千石寄合衆の高岡玄蕃から、

「物入りで首が回らぬ。二百両用立ててくれ」

と申し入れられ、困っている。

高岡からの借金の申し入れは七回目、この二年で合わせて千五百両に膨れ上がっていた。

これまでに返済された金額は百両で、さすがに糸倉屋も今回はいい返事をしなかった。

金を貸す気がない、と見抜いた高岡は、

「長年、呉服を買ってやり、旗本仲間も多数紹介した。そのほとんどが得意先になっているはずだ。その恩を忘れて、不心得極まる」

と逆上し、

「どうするかみておれ。用立てる気になるまで、わしの力を思い知らせてやる」

と言い残して、引き上げていった。

翌日から、高岡が仲立ちした旗本たちから、呉服の注文の取り消しが相次いだ。なかには仕立てている途中の小袖も数十枚あって、かなりの損失が出ている。

そんな嫌がらせをしながら、高岡は、三日にあげず糸倉屋にやってきて、

「金を用立てる気になったか」

と迫り、借金を申し入れてから一カ月目の三日前には、

「幕府のお偉方に働きかけ、武士の借金を棒引きにする棄捐令を出してもらうぞ。わしを甘くみるな」

とさんざん悪態をついて、引き上げていった。

話し終えた後、ため息をついて、久衛門が訊いてきた。

「いままで、棄捐令が触れられたことがあるのですか」

「あります」

こたえた弥兵衛に、

「ほんとうですか。いつのことです」

愕然として、久衛門が問いを重ねた。

「寛政の初めです」

棄捐令について、弥兵衛が語り出した。

寛政元年（一七八九）に、幕府は札差に対して、棄捐令を出している。

札差は借金を申し入れてきた陣屋大名や旗本たちに、領地や知行地などから取り立てる年貢をかたに、年利二割五分で金を貸していた。

大変な高利のために借金を返せない旗本が相次ぎ、かなりの人数になったため、享保九年（一七二四）年、八代将軍吉宗や江戸南町奉行大岡越前守による享保の改革の最中に、札差に対し年一割五分以上の利子をとることを禁じた。

にもかかわらず武士が札差から借りた金は、その後も増えつづけた。

見かねた幕府は、陣屋大名や旗本たち救済のために、天明四年（一七八四）以前の貸付金と利子のうち、まだ返済されていない分はすべて破棄される、という、棄捐令を発布したのだった。

話し終えた後、弥兵衛が告げた。

「棄捐令は札差に対して出されたもの、呉服問屋の糸倉屋相手に触れ出されるとも思えないが、ないとは言い切れぬ。たんなる脅しとも断定できない。あることないこと言い立てて悪い噂を流し、罪を作り上げて幕閣の重臣たちを動かし、糸倉屋を闕所にする手もあるでしょう。はたして高岡様にそれだけの力があるかどうか、調べてみなければわかりませぬ」

「あなたさまのお力で、何とか丸くおさめることはできませんか」

身を乗り出すようにして、久衛門が訊いた。

首をひねって、弥兵衛が応じた。

「旗本は町奉行所にとって支配違いの相手。私には手に余る相談かと」

「そこを何とか」

すがるような眼差しで、久衛門が食い下がった。

うむ、と唸って、弥兵衛が告げた。

「いい手があるかもしれない。考えてみましょう」

「よろしくお頼み申します」

深々と久衛門が頭を下げた。

五

頼み事をした相手から、探索を依頼される。いままでになかった成り行きだった。

これまでは茶屋にきた客たちの話がみょうにひっかかったり、名主たちから持ち込まれた揉め事について探索を始めることが多かった。

頑固で不器用、世渡り下手で、やたら道理を振りかざして正論を吐き、譲らなかった父弥右衛門は、同役たちから疎まれ、厄介者扱いをされていた。

その弥右衛門のせいで、弥兵衛は見習い与力として出仕したときから疎んじられた。

一刀流皆伝の業前であるにもかかわらず、探索方への配置換えを望みながらも果たせず、内役の例繰方のまま退任したのは、

(『父同様、頑固な不器用者に違いない。かかわる者全員が落着へ向かって一致団結して取り組まないかぎり、探索はうまくすすまぬ。端から捕物には不向きの者』

と、上役ともいうべき年番方与力や同役たちから決めつけられていたからだ)

と、弥兵衛は判じている。

現実に起きた事件を探索したい、と望みつづけてきた弥兵衛は、茶屋の主人におさまって名主たちの相談を受けるようになってから、図らずもその夢を果たすことができた。

茶屋へもどる道すがら、弥兵衛は、愛嬌たっぷりで、野に咲く花のように可憐な、大きな黒目がちの目にほんのりとした色気のあるお加代を目当てに通ってくる、遊

び人の啓太郎と定火消の半次のことに思いを馳せていた。

ふたりとも、弥兵衛の探索を手伝ってくれる、よき仲間だった。

半次は、年のころは二十代半ば。濃い眉、目鼻立ちのはっきりした、引き締まった体軀の好男子で、稼業柄、機敏で小気味のよい動きをしている。

外目には威勢がよくて、がらっぱちの、生粋の江戸っ子に見えるが、時折、頼まれもせぬのに茶屋の後片付けを手伝ったりする、気遣いのある男だった。

実を言えば、半次は定火消屋敷の前に捨てられていた孤児で、定火消人足頭の五郎蔵に拾われ育てられた身であった。

同じ年頃の啓太郎は、細身で長身、切れ長の目に特徴のある眉目秀麗な、歌舞伎の女形がつとまりそうな優男だった。が、その外見に似ず、大の武術好きで、無外流免許皆伝の腕の持ち主であった。さる大店の妾腹の子、という噂もある。

見世の近くまできた弥兵衛の目が、いつも座っている縁台で肩をならべて談笑している啓太郎と半次の姿を捕らえた。

歩み寄って、声をかける。

「きていたのか。まさしく、渡りに船というやつだな」

笑みをたたえて半次が応じた。

「渡りに船？　何のことです」

にやり、として啓太郎が言った。

「新しい探索を始めるんで、おれたちにつなぎをつけようと考えていた。そういうことじゃないんですか。まさか、とは思いますが」

ふたりの前に立って、弥兵衛が告げた。

「啓太郎、いい読みだ」

「ほんとですか」

「そろそろ探索が始まらないかな、と話していたところで」

相次いで啓太郎と半次が声を弾ませた。

「今朝方、本町の名主久衛門さんから、揉め事を落着してほしい、と頼まれたのだ」

その一件のなかみを話し終えた後、弥兵衛が告げた。

「まず、本町の呉服問屋糸倉屋と禄高四千石の大身旗本高岡玄蕃について調べたい。手を貸してくれ」

「わかりやした。おれはどう動けばいいんですか」

目を輝かせた半次と違って、啓太郎は浮かぬ顔で黙り込んでいる。

「どうした、啓太郎」

声をかけた弥兵衛と、目を合わさないようにして啓太郎が応じた。

「よく考えてみたら、今回は、ちょっと都合があって、手伝えないかもしれません。勘弁してください」

わずかに頭を下げた。

「手伝えない。どうしてだ」

問いかけた弥兵衛に、

「それじゃ、今日はこれで」

うつむいたまま立ち上がり、弥兵衛のそばをすり抜けるようにして、そそくさと啓太郎が引き上げていく。

呆気にとられて、遠ざかる啓太郎を見つめる弥兵衛に、立ち上がって肩をならべた半次が話しかけた。

「何を考えているんだろう。さっきまで、早く捕物が始まらないかな、と言っていたのに」

首を傾げた。

（何か事情があるのだ。そうとしか思えぬ）

推断した弥兵衛は、歩き去る啓太郎に目を注いだ。

六

見送っていた啓太郎から半次に視線を移して、弥兵衛が告げた。

「仕方がない。半次とふたりで探索するしかないな」

やる気をみなぎらせて、半次が言った。

「そうですね。何でも言いつけてください」

「糸倉屋について聞き込んでくれ。いいこと、悪い噂、どんな話でもいい。久衛門は、糸倉屋と親しく付き合っている。悪いことは何ひとつ言わなかった。わしは、糸倉屋が助勢するに値する相手かどうか見極めたいのだ。聞き込みのなかみは、明日の朝、見世で、ということにしよう」

「わかりやした。これから本町へ向かいます」

浅く腰をかがめて、半次が弥兵衛に背中を向けた。

歩き去って行く半次を見つめている弥兵衛に、お加代が声をかけてきた。

「啓太郎さん、どうしたんですか。暗い顔をして引き上げていきましたけど」

振り返って、弥兵衛がこたえた。

「わしにもわからぬ。いま考えてみると、今度の探索の相手が呉服問屋の糸倉屋と旗本高岡玄蕃だと話した途端、ほんのわずかだが、啓太郎の様子が変わったような気がする」

そばにきて、お加代が弥兵衛に話しかけた。

「糸倉屋といえば、啓太郎さんのおっ母さん、お郁さんから『呉服問屋の糸倉屋さんから仕立てものを請け負っている仕立屋から、仕立ての仕事を出してもらっている』と聞いたことがあります。そのことと関係があるかもしれませんね」

「そうかもしれぬ」

応じた弥兵衛が、お加代に目を向けてことばを重ねた。

「お郁さんに、そのあたりのことを、さりげなく訊いてくれないか」

目を輝かせて、お加代がこたえた。

「今日、見世が終わったらお郁さんを訪ねて訊いてみます」

お加代も、半次や啓太郎同様、大の捕物好きだった。

鍼医師の父親が、仕事の合間に楽しんでいた吹針の技を、お加代は見様見真似で習得していた。

いまでは百発百中といってもいいほどの、腕前になっている。

(あの様子では、啓太郎はあてにできない。すぐにもお加代に動いてもらいたいところだが、いかに働き者のお松でも、ひとりで見世を切り盛りするのは、とても無理だろう。どうしたものか)

胸中でつぶやいて、弥兵衛は首を傾げた。

七

弥兵衛は、高岡玄蕃の探索にかかる前に、糸倉屋について納得がいくまで調べ上げようと思っていた。

無役の、家禄三千石以上ならびに布衣(ほい)以上の旗本や御家人は寄合衆に配される。また、三千石以下でも布衣以上の役に任じられていた場合は、一代限りという制約つきで、役寄合に編入されることが認められていた。

高岡玄蕃は寄合衆である。

が、禄高からいって、過去に何らかの役職についていても、おかしくない立場の者、と弥兵衛は考えていた。

役職についていたころの伝手を頼って、南北両町奉行所にも圧力をかけることも、じかに北町奉行に会い、奉行所の動きを封じるよう談じ込むこともできるはずだった。

（迂闊に手を出せない相手）

との思いが弥兵衛にある。

（高岡玄蕃を調べて追い込むための、よい手立てを考えつくまで動くわけにはいかぬ）

そう腹をくくった弥兵衛は、見世で働きながら、もろもろ考えることにした。

板場に入った弥兵衛は、湯を沸かして湯飲みに茶を満たしたり、甘味を丸盆にならべたりして働きつづけた。

甘味屋から買ってきた、そこらへんの茶屋でも出しているような甘味を皿に盛るたびに、

（こんなありきたりの甘味は出したくない。藤むらで食べた羊かんの味を、わしの舌が忘れないうちに、藤むらの羊かんみたいな品をつくりあげて、客に食べてもらいたい）

そんな気持が、沸々と湧き上がってきた。

懐には、二種類の羊かんのつくり方を控えた、二枚の書付が入っている。

よい思案が閃いたときに、その思案が基本的な羊かんのつくり方に反していないか、あらためるために持ち歩いているものだった。

懐に手を入れ、四つに折った書付二枚を取り出す。

開いて、一枚ずつ調理台に置いた。

紀元前に書かれた『戦国史』や『史記』に、羊かんのことは記されている。羊かんは中国では古代から食べられていた。もっとも、その頃は羊の羹、汁もので羊羹と書いて「ようもの」といわれていた。

十四世紀後半に日本で書かれた『庭訓往来』などに羊かんの名が出てくるが、このときには汁ものでなく、点心、固形のものとして書かれている。

〈小豆の漉粉一升（一・五キログラム）用意する。白砂糖か黒砂糖を三合、葛粉を一合（約一一五グラム）小麦粉二合を小豆の漉粉に入れて混ぜる。それを一尺（約三十センチメートル）高さ二寸（六センチメートル）ほどの箱に入れて蒸

す。その後二刻（四時間）ほど冷まして、食べやすい形に切る〉

手にした一枚目の控には、そう書いてあった。

その控を作業台に置き、隣に置いてある書付を手にとる。

〈ごみを取り除いた小豆一升、白砂糖二百匁（七五〇グラム）を用意し、よく砕いた吉野葛と小麦粉をそれぞれ二合（約百八十グラム）を加えてよく混ぜ、蒸す。少し泡だってきたころが、ほどよい蒸しかげんである〉

一枚目と微妙に違うつくり方が記してあった。

ふむ、と首をひねって、弥兵衛がため息をつく。

二枚目の書付を作業台に置いて、見比べた。

どちらのつくり方が藤むらの羊かんの味に近いか、思案している。

再び、大きくため息をついた。

首を傾げて、腕組みをする。

しばし、二枚の書付に見入った。

「つくって、食べてみるしかないか」

思わず口に出していた。

そのことばを耳にした途端、弥兵衛のこころに火がついた。

（探索が本格的に始まらないうちに、羊かんを満足できる味に仕上げなきゃ。探索が長引いたら、藤むらの羊かんの味を忘れてしまう）

矢も楯もたまらず弥兵衛は、空になった丸盆を手にして板場に入ってきたお松に、声をかけた。

「お松、急用を思い出した」

訝しげにお松が訊き返す。

「急用？　出かけるんですか。捕物が始まったんですか」

あわてて弥兵衛が、顔の前で片手を横に振った。

「違う違う。藤むらで食べた羊かんの味を忘れないうちに、羊かんづくりに精を出したいのだ。材料を買いに行く」

「本当ですか」

「本当だ。すぐ出かける」

作業台に置いた書付二枚を四つに折って、弥兵衛が懐に押し込む。

「後は頼む」

「頼むといわれても」

困惑したお松と目を合わさないようにして、弥兵衛がいそいそと板場から出て行こうとした。

入ってきたお加代と、ぶつかりそうになって弥兵衛が身を躱(かわ)す。

わきをすり抜けるようにして歩き去る弥兵衛を、呆気にとられて見やったお加代にお松が話しかけた。

「この半月、ここでしか食べられない、新しい甘味ができていない。旦那さま、本気で羊かんづくりにはげむ気になったみたいだよ」

「そうですか。旦那さま、半次さんに糸倉屋の聞き込みをするように指図していましたよ」

一瞬、えっ、と驚いたお松が、

「やっぱり捕物か」

あきれ返って、独り言ちた。

第二章　乗りかかった舟

一

羊かんづくりの材料を買いそろえた弥兵衛が、八丁堀の屋敷の離れにもどったのは、暮六つ（午後六時）を過ぎたころだった。

火をおこした七輪に、水を満たした鍋をかける。

一合升で量った小豆の漉粉一升を、どんぶりに入れた。

さらに白砂糖を三合、葛粉一合、小麦粉二合を、それぞれ一合升で量って、別々の皿にのせる。

白砂糖、葛粉、小麦粉を皿からどんぶりに移した。

菜箸を手にとり、漉粉と白砂糖、葛粉、小麦粉を混ぜ始める。

漉粉と白砂糖などが満遍なく、均一に混ざり合うまで、菜箸でかき回しつづけた。

何度か手を止めて、弥兵衛は漉粉などの混ざり具合をあらためる。

かき回す作業を、鍋に入れた水が煮え立つまでつづけた。

鍋の上に網を置く。

高さ二寸、長さ一尺、幅一寸の木枠の内側に、薄布を押し込んで箱状にした。

薄布と木枠でつくられた箱に、混ぜ合わせた漉粉や葛粉などを流し込む。

その箱を、網の上に置いた。

しばらく蒸しつづける。

いつもなら帰ってきている夜五つ（午後八時）になっても、お松たちはもどってこなかった。

勝手の板敷に腰をかけ、蒸し上がるのを待ちながら弥兵衛は、

（お松とお加代は、お郁を訪ねてくれたのだ）

そう推断していた。

さらに半時（一時間）ほど過ぎ去った。

木枠からはずした蒸し上がった羊かんを、弥兵衛が皿にのせて冷まし始めたとき

……。

軋（きし）む音がして、裏口の戸が開けられた。

気づいた弥兵衛が顔を向ける。

まずお松が入ってきた。

お加代がつづく。

弥兵衛が声をかけた。

「お松も、お郁のところに寄ってくれたのか」

ちらり、と裏口の戸につっかい棒をかけるお加代に視線を走らせて、お松が応じた。

「お加代ちゃんから、旦那さまからお郁さんのところへ行って、啓太郎さんの様子を訊いてきてくれ、と言われたと聞いたので、ついていきました。話はお加代ちゃんから聞いてくださざい」

わきから、お加代が声を上げた。

「見世を片づけた後、ふたりでお郁さんを訪ねました。訝（いぶか）るお郁さんに『糸倉屋さんの話を聞いた途端、啓太郎さんが暗い顔をして帰って行った。気になったのできました』といったら、お郁さんは何だか困惑したような顔をして黙り込んだんです。

啓太郎さんもまだ家に帰っていなくて、どこへ行ったかわかりません」

口をはさんで、お松が言った。

「いつもは気さくなお郁さんなのに、今日は口数が少なくて。糸倉屋さんから仕立てものを請け負っている仕立屋から、仕立てものを引き受けている以外の深いかかわりが、お郁さんと糸倉屋にはあるのかもしれません。そんな気がします」

首を傾げた弥兵衛が、

「そうかもしれぬな」

と、つぶやき、ふたりに目を向けて、ことばを重ねた。

「ご苦労さん。明日、啓太郎が顔を出したら、直に訊いてみる」

「そのほうがいいと思います。今日のお郁さんの様子からみて、聞き出すのはむずかしいと思います」

口調を変えて、お松がつづけた。

「見世でつくってきたお握りがあります。食べられますか」

はた、と気づいて、弥兵衛がこたえた。

「そういえば、羊かんづくりに夢中になって、まだ晩飯を食べていなかった。食べたいな」

七輪を見やったお加代が、

「まだ火が残っている。根深汁でもつくります」

背中を向けて、炊事場へ向かった。

二

三人で夕食をすませ、後片付けを終えて、お松とお加代はそれぞれの部屋へ引き上げた。

ひとり弥兵衛は勝手に残り、羊かんづくりをはじめた。

二刻（四時間）冷ます、と指南書に記してある。

冷まし始めて、まだ一刻（二時間）も過ぎ去っていない。

（このまま勝手で、羊かんが冷めるまで待つか、それとも、いったん部屋にもどり一眠りして、明朝、目が覚めてから味見をするか）

うむ、と首をひねった。

それも一瞬のこと……。

（二刻後に味見するのと、それ以上時が過ぎてから食するのでは、味に微妙な違い

が生じるかもしれない。味見をしてから寝よう）

そう思いなおした。

七輪の火を消したり、羊かんづくりで使った皿や鍋などを洗ったりして、弥兵衛は時を過ごした。

腹時計で、一刻ほどたったと推断し、調理台に歩み寄る。

冷ました羊かんを載せた皿が、調理台に置いてあった。

用意しておいた黒文字で、羊かんの一端を中指の爪ほどの厚さに切る。

手にとって、口へ運んだ。

じっくり味わって食べる。

食べ終えた後、弥兵衛が思わずため息をついた。

渋面をつくる。

（違う。藤むらの羊かんには、ほど遠い味。何かが足りない）

胸中でつぶやき、首を傾げた。

三

翌朝明六つ（午前六時）前、出仕前の紀一郎に会うために、弥兵衛は母屋へ出向いた。

昨夜、床に入り、寝つかれぬままに考えたことを、相談するための訪(おとな)いであった。

弥兵衛の跡を継いだ紀一郎は一刀流皆伝の腕をかわれて、市中の治安を管轄するため、昼夜の見廻り、火事場への駆けつけなどを任務とする非常掛り与力として、北町奉行所に務めている。

二年前に、紀一郎は隣人の年番方与力中山甚右衛門の娘、千春(ちはる)を娶(めと)った。

頑固で不器用、世渡り下手で同役から疎まれた弥兵衛の父弥右衛門のあおりを受け、弥兵衛もまた与力仲間から疎外されていた。

代々厄介者扱いされている松浦家へ嫁がせることで、千春が不幸になることを恐れた甚右衛門は、千春と紀一郎の縁組に反対した。

そのため、ふたりの縁談はすんなりとはすすまなかった。

八丁堀小町と評された千春には、多くの縁談が持ち込まれた。

が、千春はそれらの縁談には見向きもしなかった。

二十歳を過ぎ、行き遅れても、

「生涯添い遂げるお方は紀一郎さまと決めております」

と言いつづける千春に中山が折れ、ふたりの祝言を許したのだった。

祝言した後は、それまでとうってかわり、中山は紀一郎のよき後見役に徹している。

　早朝にもかかわらず、すでに薄化粧をし、身なりをととのえていた千春は、突然やってきた弥兵衛を笑顔で迎えいれ、紀一郎の居間に案内した。

調べ物をしていたのか、紀一郎は小袖姿で文机に向かっていた。

居間に入り、紀一郎と向かい合って座った弥兵衛に、襖のそばに控えた千春が、

「すぐ茶を入れてまいります」

と腰を浮かせた。

「用がすんだら、すぐ引き上げる。茶はいらぬ」

と応じた弥兵衛に、

「でも、それでは」

こたえて、ちらり、と目を向けた千春に紀一郎が無言でうなずいた。

「そうさせていただきます」

会釈して千春が立ち上がり、居間から出て行った。

襖が閉められるのを見届けて、弥兵衛が告げた。

「例繰方の書庫で調べたいことがある。できれば、今日、行きたいのだが」

「承知しました。出かける支度をととのえます」

「わしも出仕の出で立ちに着替えて、迎えにくる」

「式台で待っています」

紀一郎がこたえた。

四

式台で落ち合った弥兵衛と紀一郎は、ともに屋敷を出た。

歩を運びながら、紀一郎が話しかける。

「新たな探索が始まったのですか」

「下調べをやっているところだ。その結果次第で、乗り出すかどうか決めようと思っている」

横目で弥兵衛の顔色を窺って、紀一郎が言った。

「一件のなかみは話せない。そういうことですか」

苦笑いして、弥兵衛が応じた。

「父子の間だ。隠し事をする気はない。そのとおりだ、とだけこたえておこう」

「そうですか。なら、もう訊きません。ときがきたら話してください」

「わかった」

それきりふたりが口をきくことはなかった。

黙々と歩きつづける。

北町奉行所の前にある腰掛茶屋の近くで、弥兵衛は足を止めた。

立ち止まった紀一郎が、問いかけるように振り返る。

弥兵衛が声をかけた。

「先に行ってくれ。見世に用がある」

「与力詰所にいます。すんだら、声をかけてください」

「わかった」

無言で会釈して、紀一郎が背中を向けた。

北町奉行所へ向かって歩いて行く。

しばし見送って、弥兵衛は茶屋を見やった。

その目に、縁台から立ち上がり、浅く腰をかがめて挨拶する半次の姿が映った。

歩み寄ってきた半次が、腰に大小二刀を帯び、羽織を羽織って、いかにも与力然とした弥兵衛に声をかけてきた。

「これから北町奉行所へ行くんですか」

「野暮用があってな。聞き込んだことを教えてくれ」

問いかけた弥兵衛に半次が応じた。

「糸倉屋の評判は上々です。悪く言う者はいません。主人の栄蔵(えいぞう)は奉公人上がりの婿(むこ)だそうで、酸(す)いも甘いも知り尽くした苦労人、というのが聞き込みをかけた相手みんなが言っていたことです」

「そうか。糸倉屋を悪くいう者はいないのか」

独り言のようにつぶやいた弥兵衛が、顔を向けて半次に告げた。

「引き続き動いてくれ」

「わかりやした」

こたえた半次は縁台を見やって、ことばを重ねた。

「啓太郎が顔を出していません。何かあったんでしょうか」

心配した様子の半次に、弥兵衛が告げた。

「これから啓太郎を訪ね、一緒に旗本高岡玄蕃について聞き込みをかけよう、と誘い出してくれ。わしの指図だ、と言ってな」

「わかりやした。高岡玄蕃相手なら、啓太郎はやる気満々で動き出すはずです」

にやり、とした半次に、弥兵衛が言った。

「明朝、見世が始まる前に、裏手の濠沿いで待っている。聞き込みの結果を知らせてくれ」

「そうしやす。じゃ、これで」

わずかに頭を下げて、半次は足を踏み出した。

五

与力詰所で待っていた紀一郎に声をかけた弥兵衛は、連れだって年番方与力控の間に立ち寄った。

　年番方与力中山甚右衛門に挨拶した弥兵衛は、紀一郎とともに例繰方の書庫へ向かう。

　弥兵衛が書庫に入る。

　つづいた紀一郎が、戸襖を閉め声をかけてきた。

「父上が『調べたいことがあるので、書庫を使わせてほしい』と言っています、と中山様に言ったところ『どんなことを調べたいのか、訊いておいてくれ』と命じられました。おおまかなことでいいから教えてください」

　うむ、と首をひねって、弥兵衛が告げた。

「中山殿からの指図なら、仕方ないな。享保九年に八代将軍吉宗公と南町奉行大岡越前守様によって、札差が武士に金を貸すときの利子を、それまでとっていた年二割五分から、一割五分以上の利子をとることを禁止するという御法度が触れ出された。わしが知りたいのは、その後、札差たちはどういう手立てを講じて利を得たか、という点だ」

「札差たちは一割五分以上の利子をとりつづけていたのですか」

「実質的には、な。だからこそ武士たちの困窮（こんきゅう）を見かねた、時の老中松平定信（まつだいらさだのぶ）様は、寛政元年に借金棒引き令ともいうべき棄捐令を、発布されたのだろう」

「そうですね。利子が下がった後も、武士たちは金を借りつづけ、困窮の極みに達していた。それらの武士たちを救済するために棄捐令は出された、と考えるべきでしょうね」

応じた紀一郎に、弥兵衛が告げた。

「わしは、武士たちが金を借りつづけ、借金を増やしたとはおもわぬ。札差たちは、大岡様たちの裏をかいて、利子という形ではなく違う名目をつくって、それまでとっていた二割五分の利子以上の利を得たのだ」

「父上は、札差たちがどんな手立てをとったか、享保から寛政にかけて保存された捕物帳に書かれているかもしれない、と考えておられるのですね」

訊いてきた紀一郎に、弥兵衛がこたえた。

「そうだ。その手立てを知ることで、旗本から金を貸すように迫られ、嫌がらせを受けている商人を救うことができるかもしれない」

はっ、と気づいて、紀一郎が問いかけた。

「父上が取りかかっている探索の相手は、旗本なのですか。旗本を相手にするつもりなのですか」

「そのつもりだ。たとえ相手が旗本でも、己（おのれ）の欲を満たすためには、どんなことでもやってのける非道な輩（やから）は断じて許せぬ。そう思わぬか」

「旗本は町奉行所の支配違い。相手が町人や浪人などなら、北町奉行所として乗り出すこともできますが、相手が旗本となると、いままでのような動きはできませぬ。此度（こたび）の探索、止めていただくわけにはいきませぬか」

「負ける戦はせぬ。乗り出すのは、勝ち目があると判じてからだ。そのための調べ物だ」

「父上」

呼びかけて口をつぐんだ紀一郎が、凝然（ぎょうぜん）と弥兵衛を見つめた。

弥兵衛も見つめ返す。

その場に、重苦しい静寂が流れた。

ややあって、紀一郎が視線をそらした。

口を開く。

「わかりました。何もいいますまい。中山様には、どう伝えればよろしいでしょうか」

「中山殿は、おまえにとって義理の父、隠し事はならぬ。わしと話したことを包み隠さず伝えるのだ。わしが、世に害毒を垂れ流す輩は、たとえ相手が旗本でも許すことはできぬ、と言っていたことも、ことばどおりに伝えてくれ。わかったな」

「承知しました」

「調べにかかりたい。おまえは持場にもどれ」

「わかりました。詰所にいます。調べ終わったら、声をかけてください」

向きを変えた紀一郎が、戸襖を開けるべく手をのばした。

六

書庫には北町奉行所開所以来扱ってきた事件の捕物帳や市中取締覚書が、時代ごとに保存されている。

書棚に置いてある、享保から寛政にかけて書かれた捕物帳などを、弥兵衛は片っ端から調べるつもりでいた。

まず享保九年から二年間を書棚から抜き出し、部屋の四隅に置いてある、一番近くの文机の脇に置いた。

文机の前に座った弥兵衛は、享保元年の捕物帳から目を通し始める。

翌年、享保十年（一七二五）の市中取締覚書にその記述はあった。

吉宗公と大岡越前守による、札差から武士にたいして貸し付ける金の利子は年利一割五分以下にするとした、利息制限令が触れ出された翌年の市中取締覚書に、弥兵衛が求める、利息制限令にたいして札差たちがとった、御法度の抜け道ともいうべき手立てが記されていた。

札差たちは、利子のほかに謝礼金という名目で、旗本たちから金を取り立てていたのだ。

利子は月単位で支払う、と決められている。

が、札差たちは月々の支払期限を二十五日と定め、一日でも返済が遅れたら、月踊りと称して、もう一カ月分の利子を取り立てた。

札差たちは御法度で定められた利子のほかに、謝礼金、月踊り手間賃など、さまざまの名目をつくっては、旗本から細かく金を搾（しぼ）り取った。

札差の主な業務は、米の受け取り代行、受け取った米の換金である。換金手数料は低額で、儲けはないに等しかった。

札差は、武士に貸し付けた金の利子や、諸々の名目をつくって取り立てた手数料などで儲けていた。

つまるところ、札差の実体は高利貸しだった。

寛政元年（一七八九）、老中松平定信は棄捐令を発布すると同時に、天明四年以降の貸金については利子を三分の一に下げて、年賦で返済すると定めた。

さらにその年からは、一カ月の利子を一割二分に下げた。

この触れにたいして札差たちは、新規の貸し付けを拒否するという強硬手段に出た。

貸し付けを止めたことで、札差の利益は激減した。

同時に、被害は武士たちにも及んだ。貸し付けてもらえなければ極貧に陥り、日々のたつきにも困って、暮らしが成り立たなくなる武士が続出した。

結果、幕府は札差たちの怒りを静めるために、二万両を下げ渡した。

札差の損失は百二十万両にも達したといわれている。

棄捐令の発布は、寛政の改革失敗の要因となり、松平定信の失脚を招いたのだった。

文机に置いてあった木箱におさめられた硯（すずり）で墨をすった弥兵衛は、筆を手に取り、懐から取り出した懐紙に要点を書きつけていった。

末尾に弥兵衛は、こう記した。

〈貸し付けを拒みつづけるだけでは、一件を落着すること叶わず。ただし此度の一件は、糸倉屋と高岡玄蕃、ふたりだけにかかわる貸し借り。棄捐令が発布されるおそれ皆無なり〉

筆を、木箱の筆を置く一画にもどした弥兵衛は、腕を組んで凝然と文面を見つめた。

七

弥兵衛が例繰方の書庫を出たのは、暮六つ（午後六時）過ぎだった。

無理無体な要求を突きつけてきた武士たちを、どうやって町人たちがやり込めたか、ほかにも参考になる事例はないか、と調べつづけていた弥兵衛に、やってきた紀一郎が告げた。

「中山様から言われてきました。正門を閉めた。同役たちの目もある。そろそろ引き上げてもらいたい、との伝言です」

「もうそんな刻限か。捕物帳や覚書をもとの場所にもどしてから引き上げる」

文机に置いてある読みかけの覚書を、弥兵衛はゆっくりと閉じた。

翌朝、茶屋裏の濠沿いに、弥兵衛と半次、啓太郎が立っていた。

弥兵衛は、あえて啓太郎に昨日顔を出さなかったわけを訊かなかった。啓太郎も、半次も、その話に触れようとしない。

いつもと変わらぬ様子の啓太郎と半次がそこにいる。弥兵衛には、それだけで十分だった。

ふたりは、高岡玄蕃について聞き込んできたことを話し始めた。

まず口を開いたのは半次だった。

「近くの屋敷から出てきた中間たちに片っ端から声をかけました。高岡は寄合衆の重鎮らしく、旗本仲間がしょっちゅう出入りしているそうです」

わきから啓太郎が声を上げた。

「できればかかわりたくない相手、と思っている旗本もいる、とも言っていました」

半次が割り込んだ。

「高岡は役職につきたくないのか、役職につけそうなときが何度もあったが、その都度、病がちでままならぬ躰、などと理由をつけ、その役職を親しい旗本仲間に譲っているという噂がある、とびた銭を握らせた中間が言っていました」

武家屋敷の建ちならぶ一帯の聞き込みとあって、

「人通りが少なく、無駄に時を過ごしました。なるべく目立たないように聞き込みましたが、高岡の家来たちに気づかれたかもしれません」

ふたりは異口同音にそう話した。

（高岡玄蕃の病は、おそらく仮病に違いない。親しい旗本に、自分にまわってきた役職を譲るのは、旗本仲間にたいして、何らかの影響力を及ぼすための手立てだろう。家禄四千石の大身旗本だが、しょせん無役の身。しょっちゅう旗本仲間が出入りしている理由が奈辺にあるか、いまはわからぬ）

胸中でつぶやいて、弥兵衛はふたりに目を向けた。

「今日も高岡玄蕃について聞き込みをつづけてくれ。明朝、ここで結果を報告してもらいたい」

生き生きとした顔で、ふたりが大きくうなずいた。

第三章　古傷は痛み易い

一

半次や啓太郎の報告を聞いて、弥兵衛の腹は決まった。

昨日、例繰方の書庫で捕物帳や覚書を調べて、棄捐令が出されるおそれはない、との確信を得ている。

探索に本格的に乗り出すかどうか、糸倉屋の聞き込みの結果次第で決めよう、と考えていたのだった。

（まず糸倉屋と会って、これまでの高岡玄蕃とのやりとりを聞いてみよう）

そう思った弥兵衛は、とりあえず茶屋に立ち寄ることにした。

見世に入り、お松に声をかける。

「探索を始める。落着するまでわしは休みだ」

ため息をついて、お松が応じた。

「旦那さまの生きがいですから、仕方ないですね。わかりました。何とか、お加代と頑張ります」

「すまぬ。出かける」

神妙な顔つきで小さく頭を下げ、弥兵衛がお松に背中を向けた。

半時（一時間）後、名主屋敷の接客の間で、弥兵衛は久衛門と向かい合っている。

座るなり、弥兵衛が切り出した。

「糸倉屋からじかに話を聞きたいのだ。一緒に行ってくれないか」

喜色をたたえた久衛門が、

「お頼みした高岡さまと糸倉屋の揉め事に、乗り出してくださるのですね。善は急げ、と言います。これから出かけましょう」

満面を笑み崩して、立ち上がった。

二

突然やってきた弥兵衛と久衛門を、糸倉屋は下にも置かぬもてなしで客間に招き入れた。

上座に弥兵衛、斜め脇に久衛門、向かい合って糸倉屋が座った。

中肉中背で、目鼻立ちのととのった糸倉屋を見た瞬間、弥兵衛は、

(面差しが誰かに似ている)

と感じた。

が、咄嗟（とっさ）には思い当たらなかった。

そんな弥兵衛の思いを断ち切るように、糸倉屋が声をかけてきた。

「糸倉屋栄蔵でございます。お噂は名主さんから聞いております。困っていることがあります。相談に乗ってくださいませ」

深々と頭を下げた栄蔵に、久衛門が言った。

「安心していいよ、糸倉屋さん。弥兵衛さんは、相談に乗る気でいらっしゃったのだ。糸倉屋さんからじかに、高岡玄蕃さまとの揉め事の経緯（けいい）を聞きたいそうだ」

目を弥兵衛に注いで、栄蔵が声を高めた。

「ほんとうでございますか。北町奉行所の元与力、松浦弥兵衛さまのお知恵を授けていただければ、高岡さまとの諍い、うまくおさめることができるのではないか、と思っております」

見つめ返して弥兵衛が告げた。

「ここにいる私は、北町奉行所元与力の松浦弥兵衛ではありません。北町奉行所前腰掛茶屋の主人、弥兵衛です」

「それはどういうことでございますか」

怪訝そうに久衛門が訊いてきた。

「知っていると思うが、旗本は寺社とともに町奉行所の支配違いの相手。元与力の経歴は、高岡玄蕃様を相手にしていく上では、かえって邪魔になります。高岡様が幕閣の重臣たちの力を借りて、御奉行に圧力をかけ、私の動きを封じるかもしれません。高岡様にとって、それは、さほど難しいことではありません。好奇心旺盛で無鉄砲な腰掛茶屋の主人なら、無礼打ちを覚悟すれば、とことんやりあえます」

緊張した面持ちで、糸倉屋が訊いた。

「無礼打ちされる覚悟を決めて掛かる一件、と言われますか。高岡さまとの揉め事をおさめるのは命がけだと」

「そうです。糸倉屋さんは、高岡様からの借金申し入れを断られた。その後、どのような仕打ちを受けているか、よく考えてみることです。あらゆる手立てを尽くしても、金を借りることができない、と高岡様が判断したとき、どんな手を使ってくると思いますか」

「見当がつきません。私を殺したら、金を借りる相手がひとり減ります。高岡さまにとって何の得もありません」

糸倉屋をのぞき込むようにして、弥兵衛が言った。

「得をします。高岡様は、借りた相手は糸倉屋だ。糸倉屋は死んだ。死人に借金を返す必要はない、と言い張り、すべてをうやむやにするかもしれない」

「そんなひどいことをやるとは、とても」

そこでことばを切って、栄蔵が黙り込んだ。

重苦しい沈黙が、その場に流れる。

ややあって、呻（うめ）くように栄蔵がつぶやいた。

「一度言い出したら、相手をやり込めるまで引くことのない高岡さまの気性からして、やりかねない。そんな気がします」

顔を弥兵衛に向けて、栄蔵が訊いた。

「このまま高岡さまの言いなりに、金を貸しつづけるしかないのでしょうか」

「身代を潰すまで貸しつづける。その覚悟はできていますか」

「そんな、身代を潰すまで貸しつづけるなんて、そんなこと、とてもできません。糸倉屋は、先代から私に預けられた身代。私の役目は、先代の血を引く息子に身代を減らすことなく渡すことでございます。これ以上、返済する気があるとは思えない高岡さまに、大事な金を貸す気はありません。金は商人の命でございます」

じっと見つめて、弥兵衛が問うた。

「金は商人の命ですか。此度（こたび）の一件に自分の命を賭けることはできますか」

真一文字に唇を結んで、栄蔵がこたえた。

「弥兵衛さんが、無礼打ちを覚悟すれば、とことんやりあえる、と言われたときに、私の腹は決まりました。糸倉屋栄蔵、命がけでことにあたります。これから私は、どんな動きをすればよろしいのですか」

「高岡様は、自分が仲介した旗本たちに声をかけ、糸倉屋さんとの取引を打ち切らせている、と名主さんから聞きました。それでも態度を変えない糸倉屋さんに対して高岡様がとる次の手立ては、脅し半分の強談判をするしかありません。時には、大刀の柄に手をかけるぐらいのことはするでしょう。そんなときも、毅然とした態度で、借金の申し入れを断るのです」

「わかりました。そうします」

「身の危険を感じるような強談判が始まったと感じたら、私に知らせてください。私が話し合いの場に同座します」

わきから久衛門が声を上げた。

「そこまでしていただけるのですか。ありがとうございます」

頭を下げた。

つられたように栄蔵も、

「よろしくお頼み申します」

深々と頭を下げる。

うなずいて、弥兵衛が告げた。

「力を合わせて、とことんやりましょう。まず、高岡様と糸倉屋さんの、いままでの付き合い方、金の貸し付けに至った経緯など、できるだけ細かく話してくれませんか」

顔を上げて、栄蔵が応じた。

「事の始まりは五年前、高岡さまが夜分、突然訪ねてこられ、急に二百両入り用になった。貸してくれ、と申し入れてこられたのです」

「それまでは、借金の申し入れはなかったのですね。高岡様から急遽、金が入り用になったわけを聞きましたか」

「御役につくために必要だ、というお話でした」

「高岡様は、まだ御役についたことがない、と洩れ聞いているが。御役につくために入り用だといわれたのですね」

「そうです。お得意さまの役に立つのなら、と二つ返事でお貸ししたのが、失敗でございました」

ため息をついた栄蔵に、弥兵衛がうながした。

「その後、どうなりました」

「それから後は」

再び、栄蔵が話し始めた。

口をはさむことなく、弥兵衛はじっと耳を傾けている。

三

いままでの高岡とのやりとりを話し終えた栄蔵に、弥兵衛が告げた。

「よくわかりました。これから、なぜ高岡様がそれほど金が入り用なのか、調べてみます。それと」

不安げに、栄蔵が訊いてきた。

「それと、何でございますか」

弥兵衛が応じる。

「久衛門さんにも話していないのですが、高岡様の調べは、すでに始まっています」

横から久衛門が声を上げた。

「ほんとうですか。そのこと、なぜ話してくださらなかったのですか」

顔を向けて、弥兵衛がこたえた。

「糸倉屋さんに会う前に、私の手に余る相手か否かを見極めたかったからです。手に余る相手だったら、私が乗り出してもかえって物事を複雑にし、さらに事態を悪化させるだけです。一件落着とはいきません」

一膝すすめて、栄蔵が訊いてきた。

「それでは、揉め事を落着できる見込みがたったから、私と会ってくださった。そう思っていいのですね」

「落着できるかどうか、やってみなければわかりません。ただ、いまよりはよい方向へ向かうのではないか、と私なりに推量しました。それ以上のことはいえません」

「だから、無礼打ち覚悟で、ということになるのですね」

栄蔵が問いを重ねる
無言で、弥兵衛がうなずいた。

「ほかに私にできることはありますか」

さらに問うてきた栄蔵に、弥兵衛が告げた。

「探索を手伝ってくれる若い衆ふたりが、糸倉屋さんに出入りすることになります。ひとりは定火消の半次、もうひとりは啓太郎という遊び人です。啓太郎は無外流皆伝の腕前で、遊び人ですが、一本気で芯の強い、曲がった事が大嫌いな、頼りになる若者です」

「啓太郎、という名ですか」

応じた栄蔵の声音に、かすかな動揺が含まれていた。

そのわずかな変化を、弥兵衛は見逃していなかった。

「啓太郎は、お郁さんという母御とふたりで暮らしています」

栄蔵に会いにきた、もうひとつの目的を果たすための問いかけだった。

(栄蔵と啓太郎には、何らかのかかわりがあるのではないか)

抱いていた疑念を晴らすときがきた。そう判じて、弥兵衛は栄蔵の一挙手一投足に目を注いだ。

「啓太郎とお郁」

独り言ちた栄蔵の顔が強ばったのを、弥兵衛は見逃していなかった。

すかさず、詰めの問いかけをする。

「知り合いですか」

「それは」

見据えている弥兵衛から視線をそらして、栄蔵が黙り込んだ。

膝の上に置いた手を、強く握りしめる。

その顔には、ためらいと並外れた懊悩が見てとれた。

日頃は感情をあらわにすることのない栄蔵の、狼狽(ろうばい)の色を隠しきれない様子に、久衛門は訝しげに弥兵衛を見やった。

弥兵衛は、栄蔵を凝然と見つめている。

その場は、重苦しい静寂に包まれた。

四

栄蔵が口を開いた。

絞り出すような声だった。

「決して他言しないと、約束してくださいますか」

思いつめた眼差しで、弥兵衛と久衛門を見つめる。

「約束します」

と弥兵衛が言い、

「もちろん」

と久衛門が応じた。

ふう、と大きく息を吐いて、栄蔵が告げた。

「啓太郎は私の息子です。お郁とは、二世を契った仲でした」

堰を切ったように、栄蔵が話し始めた。

当時手代だった栄蔵は、お郁が糸倉屋にお針子を兼ねた下女として奉公に上がった日に出会い、一目惚れした。

長屋暮らしのお郁の母は、糸倉屋出入りの仕立屋から仕立てものを請け負って、日々のたつきを得ていた。母親が引き受けた仕立てものを手伝っていたお郁も、それなりに仕立ての技を身につけていた。

縫い目がほつれていることに気づかないでやってきた、客の小袖を急ぎ繕ったり、仮縫いを手伝うことができるお郁は便利使いされて、先代から重宝がられていた。

細かいことに気づいて、なにくれと世話を焼いてくれる栄蔵に、お郁が恋心を抱くのに、さほどの時はかからなかった。

知り合って半年目、栄蔵とお郁は、人目を忍ぶ、わりない仲になっていた。

糸倉屋では、密通は御法度であった。

それゆえ、ふたりは密かに逢い引きを重ねていた。

人の前では素知らぬ風をよそおうふたりが、二世を契った仲だということに気づく奉公人はいなかった。

わりない仲になって一月ほど過ぎたころ、

「夫婦になって、小さくてもいい、将来ふたりで店をもとう。そのために金を貯めよう」

と栄蔵が言い出した。

お郁に否やはなかった。

ふたりで給金の半分を貯め始めて数カ月過ぎたある日、栄蔵は糸倉屋の主人に呼ばれた。

主人が切り出した用件は、予想だにしないことだった。

「一人娘のお登喜の婿になってくれないか」

と申し入れてきたのだ。

「もったいない話ですが、あまりにも突然のこと、私が糸倉屋を切り盛りできるかどうか自信がありません。いろいろと考えたいので、しばらく時をくださいませ」

と、栄蔵はその場しのぎの返答をしたのだった。

店を開くことができるほどの、蓄えはなかった。

迷っているうちに、半月ほど過ぎ去った。

この間、先代は栄蔵に、この件についての返答を迫ってこなかった。

が、どこから洩れたか、

「旦那さまは、お嬢さんの婿に、栄蔵さんを迎えようとしている」

という噂が、奉公人のなかで広まっていった。

下女仲間との四方山(よもやま)話で、栄蔵が糸倉屋に婿として迎えられるようだ、との噂を耳にしたお郁は、あまりの衝撃にうちのめされ、悩みぬいた。

（どうしよう。あたしと一緒になるより、糸倉屋の婿におさまり、身代を継いだほうが栄蔵さんのためになる）

思いつめたお郁が出した結論は、栄蔵と別れることだった。

ふたりで貯めていた金を入れた木箱は、お郁が預かっていた。

その木箱に、

〈身を引きます。当座の暮らしのたつきとして、ここに入れてある金を使わせてください〉

と記した書き置きを残して、行方をくらました。

木箱だけ残して、突然姿を消したお郁を栄蔵は、閑(ひま)をつくって必死になって探しまわった。

が、一月歩き回っても、お郁の居場所はわからなかった。

様子がおかしいことに気づいた先代は栄蔵に、

「何があったのだ。包み隠さず話してくれ」

と訊いてきた。

お郁と夫婦約束していたことを、栄蔵は先代に打ち明けた。

「お郁のことは知らなかった。許してくれ」

詫びた先代は罪滅ぼしに、一月ほど、栄蔵とともにお郁を探してくれた。

しかし、どこへ消えたか、お郁の行方は、杳としてわからなかった。

憔悴しきった栄蔵に先代が告げた。

「お郁がどこにいるかわからない。お登喜はおまえを好いている。あらためて頼む。婿になってくれ」

すでに、申し出を断る理由はなくなっていた。

「ご恩を受けている旦那さまに、これ以上迷惑をかけるわけにはいきません。身に余る、ありがたいお話、つつしんでお受けいたします」

と婿入りを承諾したのだった。


そこまで話して、栄蔵は、大きく息を吐き出した。

弥兵衛と久衛門を見つめる。

その面（おもて）には、いいしれぬ苦悩と悔恨（かいこん）が宿っていた。

ため息をついて、再び話し始めた。

五

先代の申し入れを受け入れてから三カ月後、お登喜と栄蔵の祝言が行われた。

糸倉屋の婿として、栄蔵は寝る間も惜しんで働き続けた。

そのかいあって、糸倉屋の売り上げは右肩上がりに増えていった。

「糸倉屋によい跡取りができた。商売繁盛は間違いなし。身代も大きくなるだろう」

と同業者たちは、噂しあった。

その噂は先代の耳にも入っていた。栄蔵とお登喜の仲も、それなりに円満だった。

（後は、跡取りができるのを待つだけだ）

先代は、そのことだけを楽しみに日々を過ごしていた。

ふたりが祝言して七カ月目、お郁の居場所がわかった。

糸倉屋に出入りする仕立屋の弁吉が、赤子を背負ったお郁が、

「仕立てものの仕事をやらせてほしい」

と訪ねてきた、と栄蔵に知らせてきたのだ。

「お郁は金に困っている様子だった」

と弁吉から聞いた栄蔵は、何とか助けてやりたい、との衝動にかられた。

(節約した暮らしをつづけたとしても、木箱に入っていた金は、とっくに底をついているはずだ)

とも推測した。

思いあまった栄蔵は、先代に自分の気持をぶつけた。

「弁吉のところにお郁がやってきて、仕立てものの仕事をやらせてほしい、と頼んでいる。お郁に仕事を出してやりたい」

必死の面持ちで頼んできた栄蔵を、じっと見つめて先代がこたえた。

「おそらくお郁は、おまえのためを思って身を引いたのだろう。そんなお郁が糸倉屋出入りの仕立屋弁吉を訪ねてきたのは、金に困って切羽詰まったからに違いない。月日を数えてみて、お郁が背負っていたのは間違いなくおまえの子だ。私が許す。助けておやり。お登喜には、私から因果を含めておく」

「ありがとうございます。恩に着ます」

畳に額を擦りつけて、栄蔵は声を震わせた。

翌日、栄蔵は仕立屋の弁吉とともに、お郁の住む裏長屋を訪れた。

驚くお郁に、栄蔵は赤子の名を訊いた。

「男の子で、名は啓太郎といいます」

お郁のこたえに、栄蔵は驚愕した。

啓太郎という名は、大工だった栄蔵の父の名だった。その父は、栄蔵が糸倉屋に丁稚奉公に出た翌年、働いていた普請場で、登っていた足場が崩れ、急死している。

（お郁は、お父っつぁんの名を憶えていてくれたのだ。おれとのつながりの証として、この子に啓太郎という名を与えた。そうとしか考えられない）

思った瞬間、栄蔵はお郁を抱きしめてやりたい、との激情にかられた。

そばに弁吉がいなかったら、栄蔵はそうしていただろう。

その気持を、栄蔵は懸命に抑え込んだ。

「弁吉さんを通して、糸倉屋の仕立てものの仕事をまわそう。啓太郎に手がかからなくなるまで、不自由なく暮らせるようにする」

約束した栄蔵は、お郁の住まいを後にしたのだった。

話し終えて、栄蔵はがっくりと肩を落とした。

(心の葛藤と戦いながら、話しつづけたのだろう。無理もない)

憔悴しきった様子の栄蔵を見て、弥兵衛は胸中でそうつぶやいていた。

しばし口を噤んでいた栄蔵が、再び口を開いた。

「暮らしに困らないように、弁吉、その跡をついだ友吉を通じて、仕立賃に上乗せして、月々余裕のある暮らしができるほどの金を渡してきました。その流れはいまもつづいています、このことは、お登喜も承知しています」

じっと見つめて、弥兵衛が言った。

「事情はわかりました。啓太郎は出入りさせないようにしましょう」

見つめ返して、栄蔵がこたえた。

「いえ。何のわだかまりもなく、糸倉屋に出入りしてもらいたい。それが、嘘偽りのない私の気持ちです。ただ、お登喜との間にできた、跡取りともいうべき十歳になる良助と、二つ年下のお幸という娘がいます。ふたりの子の気持を考えると、啓太郎は私の子だと、公にすることはできません。このことだけは承知してください」

深々と栄蔵が頭を下げた。

「わかりました」

こたえた弥兵衛が、久衛門に視線を走らせる。

無言で、久衛門が重々しくうなずいた。

六

糸倉屋から出たところで、弥兵衛は久衛門と別れた。

茶屋へ向かって、歩いていく。

歩を運びながら弥兵衛は、啓太郎のことを考えていた。

糸倉屋栄蔵は、陰ながら啓太郎のことを心配し、心にかけている。話を聞いている間、その思いは弥兵衛にひしひしと伝わってきた。

弥兵衛にも、紀一郎という息子がいる。それだけに栄蔵の気持は、痛いほどわかった。

（お郁と栄蔵の間に生じた、いくつかの思い違いが重なって、いまの父子の形がつ

くりだされたのだ)

胸中でそうつぶやいた瞬間、弥兵衛のなかで、強い思いが弾き出された。

(どんなに厭がっても糸倉屋の探索に加えて、できうるかぎり栄蔵とかかわらせ、啓太郎の父にたいするわだかまりを解いてやりたい。此度の一件は、父子がわかりあえる場になり得る、絶好の舞台なのだ)

そう判じたものの、弥兵衛には、どうしたらいいか、よい知恵は浮かばなかった。日頃の様子からみて、啓太郎はお郁のことを心配しながらも、その思いとは裏腹に軽く見て、何かにつけて抗っている。そのことを、弥兵衛は折に触れて感じとっていた。

思案しながら歩みをすすめる弥兵衛は、不意に湧いた考えに、思わず立ち止まった。

(啓太郎が栄蔵のことをどう思っているか、探ることから始めるべきだ。さて、どうする)

おのれに問いかけた弥兵衛は、ふたりに深いかかわりを持つお郁に聞き込みをかけるしかない、と思いついた。

お郁に会って、

「今日、糸倉屋を訪ね、栄蔵と諸々話し合った」

と告げ、

(啓太郎が栄蔵のことをどう思っているか、単刀直入に訊いてみよう)

そう腹を決めた弥兵衛は、行き着く先をお郁の住まいと定めて、一歩足を踏み出した。

七

半時(一時間)後、弥兵衛はお郁の住まいにいた。

向かい合って話している。

突然やってきた弥兵衛を、お郁は驚きと不安の入り混じった顔で、座敷に招じ入れた。

座るなり、おずおずと訊いてきた。

「啓太郎が、何か不始末でも」

「いや、よく動いてくれている。訪ねてきたのは、お郁さんに訊きたいことがあったからだ」

「あたしに訊きたいこと?」

不安そうに鸚鵡返しをしたお郁に、弥兵衛が言った。

「今日、糸倉屋を訪ねて、主人の栄蔵さんに会ってきた」

驚愕に顔を歪めて、お郁が呻いた。

「あの人に、なぜ」

「本町の名主さんから頼まれて、出かけたのだ」

眉をひそめて、お郁が訊いてきた。

「糸倉屋さんに、何か揉め事があるのですか」

「申し訳ないが、相談されたなかみについては、何も言えない。わしの探索を手伝ってくれる若い衆がいる、と言って啓太郎の名を出したら、糸倉屋さんが驚かれて、いろいろ話していくうちに、驚いたわけを話してくれた」

「糸倉屋さんは、どんな話を」

じっとお郁を見つめて、弥兵衛が告げた。

「今度は、話を聞いたわしが驚く番だった。糸倉屋さんは、啓太郎はお郁さんとの間になした自分の子だと、はっきりと言われたのだ」

「あの人が、そんなことを。啓太郎は自分の子だと、言ってくれたのですか」

声をうわずらせ、お郁が問いを重ねた。

「そうだ」

「あの人が、啓太郎は自分の子だと、旦那さまに」

「その場には、本町の名主さんもいた。名主さんも、その話を聞いている」

「あたしと啓太郎以外に、そのことを知っているのは仕立屋の弁吉さんと、跡を継いだ友吉さん父子だけです。あたしも啓太郎も、糸倉屋さんとのことは、一切口に出していません。秘密を守り通してきました」

涙ぐんだのか、お郁の声がくぐもっている。

「なぜ、こんな結果になったのか、あらかたのことは糸倉屋さんが話してくれた。お郁さんからも、いままでの成り行きを聞きたいと思ってやってきたのだ」

「話します。すべて話します。聞いてください」

夜逃げ同然に糸倉屋を出たお郁は、母親の仕立てものを手伝っていた二つ年上の幼馴染みで、いまは独り立ちして仕立てものを請け負っている女が住む、裏長屋に転がり込んだ。

木箱に入っていた金で、別の裏長屋を借りて幼馴染みの住まいを出たお郁は、幼馴染みがまわしてくれる仕立てものを引き受けて、日々のたつきとしていた。

糸倉屋を出て、三カ月過ぎたころ、お郁は孕んでいることに気づいた。啓太郎を生み、子育てしながら仕立てものをつづけたが、仕事が遅れがちになり、幼馴染みも以前ほど仕事をまわしてくれなくなった。

持ち出してきた金も残り少なくなり、仕立てものの仕事も少なくなったお郁は、暮らしに困るようになっていた。

思いあまったお郁は、糸倉屋の仕立てものを請け負っている仕立屋の弁吉を、赤子の啓太郎を背負って訪ね、仕立てものの仕事をまわしてくれるように頼んだ。が、弁吉はあまり乗り気ではない様子で、

「お郁さんが腕のいいのはわかっているが、いますぐ出せる仕事はない。数日のうちに連絡をするよ」

と言ったきり、黙り込んでしまった。

(冷たくあしらわれた。どうしよう)

そう思って、お郁は途方にくれた。

が、翌日、弁吉とともに栄蔵がやってきた。

驚くお郁に、栄蔵は、弁吉を通じて糸倉屋の仕立てものの仕事をまわすことを約束して引き上げていった。

それ以後、糸倉屋がらみの仕事は途切れなくつづいている。

それだけではない。ありがたいことに糸倉屋がらみの仕事は、よその仕立代より五割増しだった。

「お郁さんは腕がいいから特別だよ」

最初はそう言っていたが、半年後に、

「お郁さんに優先的に仕事をまわすようにしてくれ。それと仕立代の五割分の金を渡すから、その金をお郁さんの仕立代に上乗せして払ってくれ、と糸倉屋の若旦那から頼まれてやっていることだ」

と弁吉が話してくれた。

そのとき、弁吉は、

「若旦那が啓太郎さんと時々会いたい、と仰有(おっしゃ)っている。望みどおりにしてやったらどうだね」

とも言ってきた。

お郁は、栄蔵の申し入れを受け入れることにした。

それから、栄蔵は半月ごとに顔を出すようになった。

栄蔵は啓太郎をかわいがった。

が、啓太郎は栄蔵になつかなかった。

十歳になって、啓太郎は近所にある無外流の道場に通い始めた。

そして、十二歳になったとき、やってきた栄蔵に啓太郎が、

「二度とくるな。顔も見たくない。あんたは、おっ母さんとおれを捨てたんだ」

と怒鳴って、木刀を持ちだした。

必死になってお郁が啓太郎を止め、栄蔵はその場を去った。

それきりお郁と啓太郎は、栄蔵に会っていない。

いまでも栄蔵がお郁と啓太郎を気遣っている証か、仕立代は相場の五割増しという高値で払ってもらっている。


聞き終えて、弥兵衛が問いかけた。

「その五割増しの仕立代だが、当時若旦那だった糸倉屋さんの一存で決めたことではないと、わしは思うのだが」

「それは、どういう」

問いかけて、お郁が口を噤んだ。

ややあって、

「まさか」

独り言のようにつぶやいた。

「その、まさかだ。糸倉屋の先代は、お郁を夜逃げせざるを得ないような立場に追い込んだ責めは自分にある、と思っていたようだ。それで、望み通りにしていい。娘には私から因果を含めておく、と言ってくれた、と糸倉屋さんがわしに話してくれた」

「糸倉屋の先代さまが肩入れしてくださったなんて、初めて知りました」

涙がこぼれたのか、お郁が指先で頬を拭った。

「わしがきたことは、啓太郎には内緒にしておいてくれ」

「わかりました」

応じたお郁に、

「それでは、これで」

笑みをたたえて告げ、弥兵衛が腰をあげた。

第四章　鼻薬をかがせる

一

歩を移しながら弥兵衛は、お郁から聞いた話を思い起こしていた。栄蔵の話と突き合わせている。

ふたりの間に生まれた啓太郎が、いままでどんな思いで生きてきたか、想像してみた。

妻の静が没した後、自分がどんな気持で紀一郎を育ててきたか、あらためて見つめ直している。

(しょせん、自分のことしかわからぬ。栄蔵とお郁、啓太郎も、おのれの過去を引きずり、悩みながら、日々生きていくしかないのだ。わしには、啓太郎たちのことを心配してやることしかできない。無力この上ない。実に情けない）

胸中で呻きながら、弥兵衛は歩みをすすめていく。

（すべて成り行きにまかせるしかない。親子三人が、わかりあえるように、それぞれの背中を押してやる。それくらいのことはできるだろう）

気分を奮い立たせながら、歩きつづけた。

とうに茶屋へもどる気は失せていた。

（重苦しい、こんな気分を抱えたまま茶屋へ行ったら、お松たちに余計な気を遣わせてしまう。離れへ帰るべきだ）

そう判じて、弥兵衛は足を速めた。

離れにもどった弥兵衛は、

（好きな甘味づくりでもやるか。鬱陶しい気分も吹き飛ぶかもしれない）

思い立って、いつでもつくれるように、勝手の板敷の間の一隅に置いてある木箱から、羊かんのつくりかたを記した控を一枚取り出した。

先日つくったものとは違うつくり方の、書付だった。

土間に降り立った弥兵衛は、その書付を調理台に置く。

手にとって、目を通す。

しばし見入っていたが、やがて、大きくため息をついた。

嫌々するように、ゆっくりと首を左右に振る。

甘味をつくる気にならなかった。

（つくる者の気分次第で、甘味の味も変わる。いまのわしの有様では、うまい羊かんはつくれぬ。やめておこう）

手にした書付を、そっと調理台に置く。

再び、大きく息を吐いた弥兵衛は歩み寄り、板敷の上がり端に腰をおろした。

二

翌朝、弥兵衛は茶屋裏の濠端で、高岡玄蕃について聞き込んできた啓太郎と半次から、報告を受けている。

探索にくわわらないつもりでいた啓太郎を、どうやって連れ出したか、半次は一切口に出さなかった。

当然のことながら、啓太郎もそのことには触れない。

あえて弥兵衛は、一連の経緯（けいい）を訊（き）こうともしなかった。

（啓太郎が探索を手伝う気になった。それだけでいい。なぜ、気持が変わったのか、理由など知らなくてもいいことだ）

そう弥兵衛は判じている。

ふたりがともに行動していたことは、聞き込んだなかみから推断できた。

まず半次が報告し、言い足すように啓太郎が話し出す。すべてがそんな形ですすんでいった。

聞き込んだ相手は、駿河台にある高岡の屋敷近くに建ちならぶ、旗本屋敷に奉公している中間（ちゅうげん）たちであった。

屋敷から出てきた中間に片っ端から声をかけ、十人ほどが聞き込みに応じてくれた、という。

五十歳を過ぎたばかりの高岡玄蕃は、無役だというのに、頻繁に出かけている。

何のために動きまわっているのか、よくわからない。が、なぜか足しげく高岡家に出入りする旗本たちは、少なくとも十数家に及ぶ、というのが聞き込んだ相手が異口同音に話してくれたことであった。

ひとりだけ、違うことを喋ってくれた中間がいた。

「高岡から嫌われ、ことあるごとに邪険に扱われている旗本もいる」

というものだった。

その聞き込みに弥兵衛は興味を抱いた。

すかさず、ふたりに告げた。

「高岡にいじめられている旗本が、どこの誰か突き止めてくれ」

「わかりやした」

「やってみます」

相次いで半次と啓太郎が応じた。

「くわしく聞き込むためには、相手に酒の一杯も馳走しなければならないときもあるだろう」

懐から弥兵衛が銭入れをとりだした。

一分銀四枚を指でつまみ出し、

「これを渡しておこう」

と、笑みをたたえて言った。

「ありがてえ」

「使わせてもらいます」

ほとんど同時に半次と啓太郎が、片手を差し出す。

ふたりの手のひらに、弥兵衛がそれぞれ一分銀を二枚ずつ載せた。

別の手で、ふたりが懐から巾着（きんちゃく）を抜き出す。

それぞれが巾着の口を開き、受け取った一分銀二枚を押し入れた。

三

しばしふたりを見送った後、弥兵衛は茶屋の板場に入った。

客の注文を受けたお松たちから伝えられた指示にしたがい、茶を入れたり、団子などの甘味を皿に盛って丸盆に載せたりしている。

「団子一皿と茶、できたよ」

見世へ向かって弥兵衛が声をかけると、お松かお加代が受け取りにくる。

客が途絶えることはなかった。

甘味の種類が変わるだけの、ほとんど同じ作業を繰り返しながら、弥兵衛は、

（糸倉屋の一件をうまく落着するために、どんな手立てがあるか）

と、考えつづけていた。

思案に沈み込む。

突然、七輪にかけてあった、水を満たした湯沸かしが、熱しすぎて甲高い音を発した。

あわてた弥兵衛が、湯沸かしを持ち上げようと手をのばす。

その瞬間、沸騰した湯が、湯沸かしの蓋を噴き上げた。

半ば反射的に、弥兵衛が手を引っ込める。

吹き上がった湯が、土間に飛び散った。

間一髪、弥兵衛は飛び下がる。

湯の滴が、弥兵衛の足にかかった。

「熱っ。湯を沸かしているときは、考え事をしちゃいけないってことだ。時々、こうなる。厭になるな」

思わず口にしたことばに、弥兵衛は引っかかるものをおぼえた。

調理台に置いてあった、厚手の布を手の指に巻きつけ、湯沸かしの把手を摑んで七輪からはずす。

（厭になるか。厭がることを仕掛けつづければ、相手は何らかの反応を示してくる

に違いない。大名、旗本を問わず、武士が一番厭がることは何だろう）

首を傾げながら、弥兵衛は湯沸かしに残っていた湯を、流しに捨てた。

水瓶に歩み寄り、柄杓を手にとり、湯沸かしに水を満たす。

再び、湯沸かしを七輪にかけた。

動いている間も、弥兵衛は休みなく頭を働かせていた。

（武士は体面を重んじる。高岡玄蕃の悪行を調べ上げ、悪い噂を世間に広げていく。高岡は次第に、追いつめられていくような気分になるはずだ。そう仕向けるためには、どんな手立てをとるべきか）

自分に問いかけて、うむ、と弥兵衛は首を傾げた。

「とりあえず高岡に揺さぶりをかけてみるか」

無意識のうちに、ことばを発していた。

その一言が、弥兵衛にひとつの知恵をもたらした。

（評定所だ。評定所は幕府で唯一の、管轄を超えた審議組織。寺社奉行、町奉行、勘定奉行の三奉行に、事案によっては老中、大目付も審議にくわわる大名、旗本など武士にとっては、生殺与奪の権を有している裁きの場だ。評定所の前には、市井の臣の訴えを取り上げるために、目安箱が設けられている）

そこまで考えたとき、弥兵衛の腹が決まった。

（目安箱に、高岡の行状を記した書状を投げ入れてみよう。評定所が訴えを取り上げたら、必ず高岡を呼び出す。呼び出すまで、何通も書状を書き、目安箱に投げ入れつづける。それしか手立てはない）

おのれを得心させるかのように、弥兵衛が大きくうなずいた。

四

翌朝、見世の裏の濠端で弥兵衛は、半次と啓太郎から聞き込みの結果を聞いていた。

新たな話はなかった。

「引きつづき、高岡について聞き込みをつづけてくれ」

告げた弥兵衛に半次が、

「わかりやした。啓太郎と相談して、聞き込む相手を分けて、すすめることにしています。あっしは男を、啓太郎は」

話せ、というように、半次が啓太郎に向かって顎をしゃくった。

「おれは屋敷から出てきた腰元や下女にしぼって、聞き込みをかけます、遊び人仲間とぶらついていたころ、往来でよく娘っ子に声をかけていたんで、女の扱いには慣れています」

苦笑いして、啓太郎がつづけた。

「剣術以外は、何をやってもつまらないし、これといってほかにやりたいことはないしで、考えると馬鹿なことばかりやってきました。いまは、探索が一件落着したときに、つらい目にあっていた人たちの安堵した様子を見るのが楽しみになっています」

「あっしも、そうです。いいことをした、といい気持になれます」

横から半次も言い添えた。

「わしもだ。これから、揉め事に巻き込まれた人たちの、喜ぶ顔を見るために全力を尽くそう」

応じた弥兵衛に、

「そうですね」

「頑張ります」

相次いで半次と啓太郎がこたえた。

ふたりと別れた後、弥兵衛は見世に顔を出した。

板場に入ると、お松とお加代が見世を開ける支度をしていた。

七輪に炭を足しているお松に、弥兵衛が声をかける。

「今日は出かける。当分の間、探索にかかりきりになる。よろしく頼む」

流しで、洗った茶碗や皿を拭いているお加代が、振り返って口をはさんだ。

「あたしの出番は、いつごろになりますか」

返答に困って、弥兵衛が首を傾げた。

「わからぬ。何で、そんなことを訊くのだ」

割って入って、お松が告げた。

「あたしひとりでは、見世は切り盛りできません。いつお加代ちゃんが抜けるか教えてもらえたら、お郁さんに頼んで手伝ってもらおう、と思っています。お加代ちゃんと話し合って、そうしようと決めました」

渋面をつくって、弥兵衛が応じた。

「わかった」

さらにお松が、問いかけた。

「お加代ちゃんを手伝わせる日の、三日前には教えてくださいね。お郁さんに頼みに行く都合がありますから」

「できるだけ、そうしよう」

「お願いします」

念押ししたお松から、ばつが悪そうに目をそらした弥兵衛が、

「出かける」

声をかけ、そそくさと板場から出て行った。

五

茶屋を出た弥兵衛は、屋敷の離れへ足を向けた。

いったん離れにもどり、駿河台近辺を描いた江戸切絵図を持っていこう、と決めている。

駿河台には高岡玄蕃の屋敷があった。

その屋敷近くの辻番所を回って、高岡について聞き込もうと考えている。

武家地にある番所を辻番所という。

各大名家が設けたものと、旗本などが一家で管理維持していくには、経済的に無理があるという理由で、数家で寄り合って設置した組合辻番、あるいは寄合辻番と呼ばれる二種類の辻番所があった。

辻番所の番人相手の聞き込みは、町人の暮らししか知らない啓太郎と半次にはむずかしい、と判じた上での弥兵衛の動きだった。

番人は昼夜二交代で、昼は二、三人、夜は六人が辻番所に詰めていた。

番所に詰めて道を往来する者を見張ったり、あらかじめ定められた受け持ちの一帯を見廻ったりして警備するのが、番人の主な任務であった。

設けられた当初は、武士が直々辻番所を管理していたが、いまでは町人が辻番所の運営管理を請け負っている。


駿河台近辺の江戸切絵図を懐に入れ、弥兵衛は駿河台へ歩みをすすめた。

弥兵衛は、駿河台のはずれで立ち止まった。

懐から切絵図を取り出して開く。

さすがに家禄四千石の大身旗本であった。

切絵図の屋敷の位置を記した箇所に、高岡玄蕃、と主の名が記されていた。

辻番所の所在は、切絵図に、縁取られた長四角で記されている。

弥兵衛は高岡の屋敷を中心に、長四角が描かれている場所を求めて、切絵図上を目で追った。

屋敷の近辺に、辻番所が四カ所記されている。

弥兵衛は、そのうちの一カ所、高岡の屋敷近くに点在する辻番所のなかでは、屋敷から最も遠い、広島福山藩上屋敷の塀沿いにある辻番所へ行くことにした。

その場所を選んだのには、ふたつ理由があった。

福山藩上屋敷の通りをはさんで向かい側に、一帯の火消しを担う定火消屋敷が描かれていた。辻番所の番人に話しかけるきっかけに、八代洲(やよす)河岸にある定火消屋敷の人足頭五郎蔵の名を使えるかもしれない、と考えたのがひとつ。

もうひとつは福山藩が維持する辻番所で、旗本について聞き込みをかけても、組合辻番よりは、

「旗本某(なにがし)さまについて調べている者がきた」

との噂が旗本仲間に伝わりにくいのではないか、と推断したからであった。

（詰めているほかの番人もいる。口の軽そうな番人を見つけ出しても、辻番所のな

かで堂々と聞き込みをかけるわけにもいくまい）

そう思った弥兵衛は、辻番所の近くに話を聞くことができそうな見世はないか、と切絵図に目を走らせた。

神田川（かんだがわ）にかかる昌平橋（しょうへい）の南から西へ上がる淡路坂（あわじ）の上に、一口稲荷ともいわれる太田姫稲荷（おおたひめ）があった。

（太田姫稲荷の前には茶屋ぐらいあるだろう。なければ神田川の岸辺で立ち話すればいい。それに、辻番所からさほどの隔たりではない）

そう判じた弥兵衛は、切絵図を右脇にはさんだ。

懐から銭入れを取り出す。

（地獄の沙汰も金次第という。この際、一分銀でも握らせるか）

銭入れを開いた弥兵衛は、一分銀をつまみ出した。

右手に一分銀を握り、銭入れを懐に入れる。

左手で脇にはさんでいた切絵図を引き抜き、開いて辻番所への道筋を目でたどった。

行き方を頭にたたき込んだのか、切絵図を二つ折りして袂（たもと）に入れる。

前方を見据えて、弥兵衛は悠然と足を踏み出した。

六

福山藩上屋敷の正門が面した通りに、目当ての辻番所はあった。

辻番所の番人は、評判がよくない。

女がひとり、あるいは母子で辻番所の前を通ると、番人は必ず声をかけてくる。行く先や用件などをしつこく訊ね、長い間足止めさせられる。さりげなく小銭を握らせると、すぐに通行させてくれる。

そんな番人たちの嫌がらせから逃れるために、一人歩きの女や母子たちは、遠回りしても辻番所のない通りを選んで、目的の場所に行くという。

番人のなかには、応分の金を握らせると、男女の逢い引きの場所や売春宿がわりに辻番所を使わせる者もいた。

昼間は辻番所の表戸は開けっ放しになっている。

辻番所の前で足を止めた弥兵衛は、さも様子を窺っているかのような仕草で、なかをのぞき込んだ。

番人が三人いる。

板敷の上がり端に腰をかけている者、文机の前に座っている番人、奥の畳敷に残るひとりが座っていた。

上がり端に腰をかけて、弥兵衛を見据えていた番人が、のっそりと立ち上がった。四角い顔に太い眉、色黒の男だった。ぎょろりとした大きな目に、いかにもずるそうな光が宿っている。

咎める目つきで弥兵衛を見据え、歩み寄ってきた。

そばにきて、声をかけてくる。

「何の用だ」

小柄で痩せている弥兵衛は、見るからに風采の上がらない老爺だった。番人のことばには、明らかに見下した音骨が含まれている。

「頼まれて、あるお旗本のことを調べているんだ。たんなる噂でもいい。話してくれないか」

身を寄せて、弥兵衛がさりげなく番人の小袖の袂に手を入れた。

その所作の意味するところを察した番人が、素早く袖のなかに手を引っ込める。

袂のなかで、弥兵衛の拳を、下から包み込むように軽く握った。

すかさず弥兵衛がささやく。

「一分銀だ。つきあってくれ」

握っている手を緩めた。

番人の手が弥兵衛の手から離れ、同時に手のひらの一分銀の感触が消え失せた。

弥兵衛が、袂から手を引き抜く。

その手とつながっているかのような動きで番人が、拳を握りしめたまま、袖から手を出した。

日頃からやり慣れているのか、傍目（はため）には何が行われたか、察知しにくい振る舞いだった。

番人が、突然、声を上げた。

「あの方のお屋敷は、わかりにくいところにある。口で言ってもわからないだろう。仕方ない。道案内してやろう」

口裏を合わせて、弥兵衛が応じた。

「ご親切に。どうもありがとうございます」

愛想笑いを浮かべる。

振り返って、残る番人たちに声をかけた。

「ちょっと出かけてくる」

意味ありげな笑いを浮かべて、番人のひとりがこたえた。

「大事なお役目のひとつだ。遠慮なく出かけてくれ」

残るひとりもことばを返した。

「ついでに団子でも買ってきてくれ。小腹がすいた」

「わかった」

応じた番人が、振り向いて弥兵衛に告げた。

「爺さん、出かけよう」

「よろしくお頼み申します」

笑みをたたえて、弥兵衛が頭を下げた。

七

昌平橋から水道橋の間にある百尺に及ぶ断崖は、中国で後漢末期に、魏、呉、蜀の三国が並び立った時代に、呉の孫権が、魏の曹操を撃破した戦場としても知られる赤壁を小さくしたような、風光明媚なところとして知られていた。

太田姫稲荷は、昌平橋の西、淡路坂の上の、神田川の堤に位置している。

その前の通りは稲荷小路と呼ばれていた。

近くには、鷹匠たちの屋敷が連なっている。

太田姫稲荷の傍らにある茶屋の、稲荷小路に面した縁台に、弥兵衛と番人は隣り合って腰を掛けていた。

縁台に腰を下ろすなり、弥兵衛は懐から銭入れを取り出し、一分銀を抜き取って、

「仲間の番人さんたちへの手みやげに、団子でも買ってください」

と、一分銀を差し出した。

「そうかい。もらっとくよ」

上機嫌で受け取った番人は、懐から巾着を引き抜き、手に握りしめていた一分銀と一緒に押し込んだ。

注文を聞きにきた茶屋女に、茶と団子を注文した後、番人が訊いてきた。

「お旗本の、どなたさまのことを知りたいんだね」

「高岡玄蕃様のことで」

応じた弥兵衛に、日頃から高岡を軽んじているのか、鼻先で笑って番人がこたえた。

「高岡さまのことか。高岡さまは旗本仲間の口入れ屋と呼ばれている。武士より商人に向いていると陰口をたたかれているお方だ」

「旗本仲間の口入れ屋？　なぜそんな呼び名がついたんだね」

問いかけた弥兵衛を見やって、番人が言った。

「高岡さまは、声がかかっても自分は役職に就かないで、親しい無役の旗本に声をかけ、役についている間は、役高の三割を高岡さまに渡しつづけるという要求に応じた者だけを、役職に就けてやるという話だ」

半ば呆れ、半ば驚いた弥兵衛が、問いを重ねた。

「拝命された御役目を、何度も断ったら、御役に任命されなくなると思うんだが、高岡様には、御役に任じられる秘策でもあるのかね」

にやり、として番人がこたえた。

「あるのさ。とっておきの手が」

「どんな手だね」

「なんでも高岡さまは、日頃から御上のお偉方に裏金をばらまいて『御役に就きたい。何とかしてほしい』と頼んできた旗本たちを、いつでも御役に就けられるように、人脈を固めているそうだ」

「なるほどね。それじゃ、武士より商人に向いている、と陰口をたたかれるのは、当然の話だな」

独り言ちた弥兵衛は、

（自分が役職に就いて苦労するより、旗本仲間を役職に就けてやって恩を売り、役高の三割を受け取りつづけたほうが、はるかに儲かるだろう。役に就けてやった旗本たちの数が増えれば増えるほど、旗本仲間や幕府の重臣たちにたいする高岡の影響力は大きくなるわけだ。計算高くて、ずるい世渡りを得意とするお方らしい）

胸中でそうつぶやいていた。

「ほかに訊きたいことはあるかい」

声をかけてきた番人に、弥兵衛が訊いた。

「高岡にいじめられている旗本がいる、と聞いたんだが、どこの誰か知っているかい」

いともあっさりと、番人がこたえた。

「知っているよ。三十歳前の坂本桔平さまという、家禄三千石の旗本だ。小耳にはさんだところでは、高岡さまに役職に就けてやろうか、と持ちかけられたが、にべもなく坂本さまが断った。人の厚意を無にするとは許せぬ、と怒った高岡さまが、役職に就けてやった旗本や、役職に就けてくださいと頼みにきている旗本たちに〈無礼極まる不埒(ふらち)な奴。坂本桔平と付き合うな〉と記した書状を送りつけた。そのせいで、坂本さまは旗本仲間から冷たくあしらわれているそうだ」

「坂本様は、何で高岡様の誘いを断ったのかな。わけを知っているかい」

さらに訊いた弥兵衛に、番人がこたえた。

「そこまでは耳に入ってこない。高岡さまは町場で剣術を指南している道場主を手なずけ、約束した役高の三割を届けてこない旗本たちのところへ取り立てに行かせているようだ」

「取り立てを引き受けている道場主なんて、破落戸(ごろつき)同然の連中だろう。そういう輩(やから)を使うとは、高岡様の人柄がしれるな」

「その通りさ。高岡さまは、できればかかわりを持ちたくない、何かと面倒くさいお方さ」

「たしかに」

応じて弥兵衛は、口を噤(つぐ)んだ。

頭のなかで、これからどう動くべきか、懸命に考えている。

第五章　長者富に飽かず

一

番人と別れた弥兵衛は、高岡玄蕃の屋敷へ向かった。が、数歩すすんだところで気が変わった。

番人から聞いた、

「高岡さまは旗本仲間の口入れ屋と呼ばれている」

ということばが、弥兵衛のなかに居座っている。

（高岡玄蕃が裏工作して役職に就けてやった旗本たちが、どんな役目に就いているのか、まるきり見当がつかない。北町奉行永田備前守正直様の親しい旗本のなかに

も、高岡から役職に就けてもらった方がいるかもしれない）

胸中でつぶやいて、弥兵衛はさらに思案を推し進めた。

そんな人物がいたら、弥兵衛が下手に動けば、高岡はその人物を通じて御奉行に何らかの圧力をかけてくるおそれがあった。

御奉行が、その人物に何らかの弱みを握られていたとしたら、言うことを聞かざるを得ないだろう。

そうなったら、御奉行はまず年番方与力の中山殿と紀一郎を呼びつけ、わしとかかわらぬように命じるに違いない。

わしが危機に陥（おちい）ったとき、中山殿はともかく、親思いの紀一郎は必ず助勢に駆けつける。御奉行の命に背いたとなれば、それなりの処断が下るはずだ。

「下手をすれば、御役御免になる」

おもわず弥兵衛は口に出していた。

ことばを発したことが、弥兵衛に平常心をもたらした。

高岡家の家臣は、屋敷の周りで聞き込みをやっている啓太郎と半次に気づいているかもしれない。

が、いまのところ、高岡玄蕃は弥兵衛の存在さえ知らないのだ。

そんな高岡が、御奉行に圧力をかけるなど、ありえない話だった。

そのことに思い至ったとき、弥兵衛のなかで何かが弾けた。

（高岡にとって、見ず知らずの相手でいられるのは、いまだけだ。番人から聞き込んだこと、糸倉屋から聞いた話だけでも、目安箱に投げ入れる書状を書き上げるには十分すぎるくらいの内容。書状に名を記さねば、いいかげんな噂話を書いただけの訴え、と取り上げられないに決まっている。後難を恐れることなく、名は書くべきだ。明日の朝、目安箱に書状を投げ込もう。その後、間を置くことなく、書状を投げ込みつづけるのだ）

いずれ高岡は、自分を調べている者がいることに気づいて、やっているのはどこの誰か、探しだそうとするだろう。

突き止めるまでの間に、弥兵衛の書状に書いてあるなかみは容易ならざること、調べる必要がある、と判断した評定所が、高岡玄蕃を呼び出すかもしれない。

公儀の調べが始まったら、高岡は表立って強引な手立てはとれなくなる。

身分上、弱い立場の者が行うこと。つづけざまに奇襲を仕掛けていくしか、勝つ手立てはない
（今日のうちに書状を書き上げよう）

そう決めた弥兵衛は、離れへ帰るべく歩みをすすめた。

二

翌朝、弥兵衛は茶屋裏の濠端で、半次と啓太郎から聞き込みや張り込んだ結果の報告を受けている。

まず半次が口を開いた。

「昨日は、聞き込みを啓太郎にまかせて、あっしは高岡の屋敷の正門を見張っていました。若党をしたがえた、身なりから見て大身旗本と思われる武士が昼前と、昼八つごろに一組ずつ、あわせて二組やってきました。それぞれ半時ほど屋敷にいて、引き上げていきました」

「旗本がふたりもやってきたのか。今日からは、やってきた旗本が出てきたら、跡をつけてくれ。どこの誰か、知りたい」

「そうします」

応じた半次から、啓太郎に視線を移し、弥兵衛が訊いた。

「新たな聞き込みはあったか」

申し訳なさそうに、啓太郎が頭をかいた。

「女の扱いには慣れている、といいましたが、とんだ思い違いでした。使いに行くのか、屋敷から出てきた腰元や下女たちに片っ端から声をかけましたが」

わきから半次が、軽口をたたいた。

「声をかけたら、女たちは、さも迷惑そうに顔を背けて、小走りに遠ざかっていきやした。苦虫潰したような顔をして眺めている啓太郎の姿が、哀れというか惨めというか。町なかでは、啓太郎と一緒に歩いていると、ほとんどの町娘が啓太郎を横目で見やって通り過ぎるほどの、色男ぶりなんですが、武家地ではその神通力が通用しないんですよ」

苦笑いして、啓太郎が言い返した。

「余計なこと言いやがって。後がこわいぞ」

「おお、怖っ」

わざとらしく首をすくめてみせた半次が、弥兵衛に向き直った。

「ただひとつ感心したのは、何度しくじっても、くじけずに声をかけつづけていました。いい根性してます」

「何だよ。けなしたり、持ち上げたり、怒る気が失せるじゃないか」

笑みを浮かべた啓太郎が、弥兵衛に話しかけた。

「そんなわけで、女たちからは聞き込めなかったんで、途中から中間たちに聞き込みをかけたんですが、新しい話は何ひとつなくて。すみません」

ぺこり、と頭を下げた。

「そうか。今日は、半次と一緒に高岡の屋敷を張り込んでくれ。訪ねてきた武士が出てきたら、つけてどこの誰か突き止めるのだ」

「わかりました」

啓太郎が応じ、半次が、

「それじゃ、出かけます」

浅く腰をかがめて言い、啓太郎に、行こう、と言わんばかりに顎をしゃくった。

歩き出した半次に、啓太郎がつづく。

あえて弥兵衛は、高岡玄蕃の屋敷近くの辻番所へ出向き、番人を連れ出して、嫌がらせを受けている坂本桔平という旗本の名を聞き出したこと、陰で高岡が、旗本仲間の口入れ屋、と呼ばれていることを、ふたりに告げなかった。

話すことで、ふたりが、

〈親爺(おやじ)さんは、おれたちの動きを物足りなく思っているんだ。陰でこそこそ動くな

んて、おれたちを信用していない証だ。信頼していたのに裏切られた〉

と、弥兵衛に対して不信感を抱くかもしれない、と判じたからだった。

（みんながひとつにまとまらなければ、よい結果は得られない）

いままで歩いてきた人生で体得した、弥兵衛の信念のひとつだった。

しばし、ふたりを見送った弥兵衛が、懐に手を入れた。

懐に入れてある、昨夜書き上げた、目安箱に投げ入れる書状に触れてみる。

うむ、とうなずいて唇を固く結んだ弥兵衛は、評定所へ向かうべく足を踏み出した。

評定所は和田倉御門と呉服橋の間、道三堀の南河岸にある。

俗に竜ノ口の評定所と呼ばれていた。

目安箱は、評定所の門前にある腰掛に置いてある。

歩み寄った弥兵衛は、周りに目を走らせた。

人の姿はなかった。

懐から取り出した書状を、弥兵衛が素早く目安箱に押し込む。

目安箱に入れられた書状は、訴状として扱われ、目安書あるいは目安状と呼ばれるようになる。

　事件として取り上げることが決まった目安状は、目安方の役人によって、内容の裏をとるべく調査が始められる。

（大差ない内容でもいい。切羽詰まった状況にある者の訴状、と役人たちに思わせるために、明日も目安箱に書状を投げ入れよう）

　そう腹を決めて、弥兵衛は目安箱に背中を向けた。

三

　評定所を後にした弥兵衛は、その足で糸倉屋へ向かった。

　不意に訪ねてきた弥兵衛を、栄蔵は期待と不安の入り混じった表情で、奥の客間に招じ入れた。

　向き合って座るなり、栄蔵が訊いてきた。

「高岡さまについて、何かわかりましたか」

「調べはすすんでいます」

「そうですか。それはよかった」

微笑んだ栄蔵に、弥兵衛が告げた。

「さっき目安箱に、高岡様の行状には許しがたいものがある。お調べ願いたい旨を記した書状を投げ込んできました」

驚いたのか、眉をひそめて栄蔵が問いを重ねる。

「書状には、どんなことを書かれたのですか」

「本町の名主さんから頼まれて、糸倉屋さんの揉め事の相談にのったこと。相談されたなかみなど、いままでの高岡玄蕃様と糸倉屋さんとの間の経緯。それから」

昨日、駿河台に出向き、高岡玄蕃の屋敷近くの、広島福山藩正門前の通り沿いにある辻番所に聞き込みをかけたこと、小銭を握らせて番人を連れだし、太田姫稲荷そばの茶屋で番人から、

「高岡さまは旗本仲間の口入れ屋と呼ばれている」

と聞き出したこと、高岡は御上のお偉方に裏金をばらまいて、役高の三割を礼金として高岡に支払うことを約束した、無役の旗本だけを役職に就けてやっているなど、役に就けてやる、との高岡の申し出を断った坂本桔平という旗本が、高岡や息のかかった旗本たちから冷たくあしらわれ、嫌がらせされていることなどを書き記したと、弥兵衛は栄蔵に話して聞かせた。

聞き終えた栄蔵が、心配そうにつぶやいた。

「高岡さまの力は、それなりに大きい、ということですね。どうしたものか」

冷ややかな口調で、弥兵衛が訊いた。

「どうします。いまなら、まだ後戻りできますが。目安箱に投げ込んだ書状は一通だけ。その程度では、訴状の裏をとるために探索する役向きの目安役は、まだ動かないでしょう。武士が町人から金を借りて、なかなか返さない。そんな話は掃いて捨てるほどありますから」

厳しい顔をして、栄蔵がきっぱりと言った。

「何を仰有いますか。私は、とっくに腹をくくっています。金輪際、高岡さまに金を用立てることはありません」

「なら、とことん高岡様と戦いましょう」

「やりましょう。糸倉屋の身代と私の命をかけて、高岡さまとやり合います」

固く唇を結んだ栄蔵に、弥兵衛が告げた。

「私の手先として、啓太郎を糸倉屋に出入りさせます。いいですか」

何の躊躇もなく、栄蔵がこたえた。

「かまいません。できれば私の子として、世間に披露したいと思っています。そのときがきたら、女房のお登喜やふたりの子供たちにも因果を含めます」

首をひねって、弥兵衛が告げた。

「はたして、そうなることを啓太郎が望んでいるかどうか。折りをみて、直接啓太郎に訊いてみてください」

「わかりました」

「それでは、これで」

会釈して、弥兵衛が腰を浮かせた。

四

翌朝、いつものように茶屋の裏手の濠端で、弥兵衛は、啓太郎や半次と話している。

ふたりから、

「昨日は、誰も高岡の屋敷を訪ねてこなかった」

と報告を受けた後、弥兵衛が告げた。

「今日から半次は糸倉屋を見張ってくれ。高岡玄蕃の家来が『いつ金を用立ててくれる。のらりくらりと言い逃れすること、『許さぬ』と脅し半分の催促するためにやってくるかもしれない」

「わかりやした」

応じて、半次が浅く腰をかがめた。

顔を向けて、弥兵衛が言った。

「啓太郎は、わしとともに高岡について、さらに聞き込みをかけるのだ。ただし」

「ただし？」

鸚鵡（おうむ）返しをした啓太郎に、弥兵衛が不敵な笑みを浮かべた。

「今日からは、高岡や家来たちに、わしたちのことをできるだけ早く気づいてもらうために、堂々と目立つように動く。わしたちの存在に気づいたら、高岡は必ずそれなりの手を打ってくるはずだ」

「誘い水をかけるわけですね。おもしろい」

啓太郎が目を輝かせた。

ふたりを見やって、弥兵衛が告げた。

「言っておくことがある」

「何です」

「どんな話で」

相次いで啓太郎と半次が訊き返した。

「昨日、いままで聞き込んだ高岡玄蕃の行状を記した書状を目安箱に投げ込んできた。目安方の役人が気にとめて調べる気になるまで、書状を投げ込みつづけるつもりだ」

ふたりの面(おもて)に緊張が走った。

「とことんやりましょう」

「町人の意地の見せ所で」

啓太郎と半次が、ほとんど同時に声を上げた。

うむ、とうなずいて、弥兵衛がことばをかけた。

「出かけよう」

眦(まなじり)を決して、ふたりが大きく顎を引いた。

高岡の屋敷前の通りで、正門をはさんで左右に分かれた弥兵衛と啓太郎が、それぞれ呼び止めた中間と立ち話をしている。

ふたりの様子を窺うことができる、少し離れた武家屋敷の塀の陰に、ひとりの武士が身を潜めていた。

啓太郎と話していた中間が、たがいに会釈して離れる。

歩いてくる中間に、武士が目を注いだ。

中間が、武士のそばを通り過ぎていく。

啓太郎からは見えないあたりに達したとき、背後から声がかかった。

「待て」

足を止めて、中間が振り返る。

驚いて、瞠目した。

「あなたは高岡様の」

声の主は、弥兵衛たちの様子を窺っていた武士だった。

「家来の檜山金吾だ。訊きたいことがある」

近寄ってくる。

中間は眉をひそめた。

困惑している。

そばにきた檜山に、中間が頭を下げた。

「何でございますか」

「さっき別れた遊び人と思われる男と、どんな話をしていた。隠し事は許さぬ。ありていに言え」

「とくに何という話もしていません。四方山話みたいなもので」

のぞき込むようにして、檜山が問いを重ねる。

「本当か」

「隠し事などしておりません。何で、そんなことを仰有るのですか」

檜山が睨めつける。

年のころは三十そこそこ。色白で長い顔に、細くつり上がった目。低いが尖った鼻。狐に酷似している檜山に睨まれると、妖怪めいた獣に見据えられているようで、あまりいい気持ちはしなかった。

「あの男は、昨日、仲間と思われる男とふたりで、殿の屋敷を見張っていた。その前は、近くの屋敷から出てきた腰元に声をかけていたところを、使いに出た帰りに、この目で見ている。気になったので、昨日は裏門から出て、屋敷の周りを三度歩いてみた。そのとき、張り込んでいるあの男と仲間を見かけたのだ」

「それで今日は、ここで見張っておられたのですか」

「そうだ。話す気になったか」

渋面をつくって、中間が応じた。

「すみません。面倒はごめんだと思って、ごまかす気になりました。正直に申し上げます。あの男は、高岡の殿様のことを根掘り葉掘り、しつこく訊いてきました。何でも、殿様に迷惑をかけられている人がいる。その人が気の毒でならない。何とかしてやりたい。それで調べている、と言っていました」

鋭く見据えて、檜山が告げた。

「それでおまえは、何とこたえたのだ」

「高岡の殿様が何をしていらっしゃるか、私は知りません。私は渡り中間、口入れ屋から仲介されて、お隣の屋敷に奉公にあがって、まだ一月たらずです」

「そうか。そういえば、あまり見かけない顔だな。わかった。行っていいぞ」

横柄そうに言った檜山に、

「どうも」

頭を下げ、中間が歩き去っていく。

踵(きびす)を返した檜山は、潜んでいた塀の陰にもどった。

再び啓太郎と弥兵衛に、ひたと目を据えた。

五

その日の夕七つ（午後四時）過ぎ、屋敷の一間で檜山は、上座にある高岡玄蕃と向かい合っていた。

檜山は高岡に、この三日の間に屋敷のそばで見たことを、事細やかに報告している。

一昨日、使いに出た帰りに、遊び人と思われる男が、隣の屋敷から風呂敷包みを抱えて出てきた腰元に声をかけていた。

腰元は迷惑そうに、ちらり、と目を向けたきり、返事もしないで歩き去っていった。

苦笑いした男は、その場を立ち去ろうともせず、周囲を見渡していたが、どこの屋敷に奉公しているか知らないが、歩いてきた腰元に歩みより、慣れた様子で声をかけた。

しかし、腰元は男を見向くこともなく、歩き去って行った。

よほど悔しかったのか、一瞬苦虫を嚙み潰したような顔をした男は、懲りずにあ

たりをぶらついている。・

腰元か下女に声をかけ、口説(くど)くつもりでいるのだろう。見た目はなかなかの色男だし、親しくなる腰元もいるかもしれない、などと思って、正門から屋敷に入った。

昨日になっても、まだ遊び人のことが、頭から離れなかった。

正門から出ると、遊び人に出くわすような気がしたので、裏門から出て、屋敷の周りを一歩きしたところ、その遊び人が仲間と思われる男とふたりで屋敷を見張っている。

いったん、屋敷に引き上げ、半時後ぐらいに裏門から出て、屋敷の近くを一回りした。

以前いたところとは別の場所に、遊び人と仲間の男が身を潜めて、屋敷を見張っていた。

(張り込んでいるのかもしれない)

と思ったが、屋敷に張り込まれるような揉め事があるわけでもない。

念には念を入れて、もう一度、あらためてみよう、と考えて、再び屋敷に引き上げた。

さらに半時ほど後に、裏門から出て屋敷の周りを歩いたら、前とは違うところに遊び人と男が身を隠していた。

今日、遊び人と男が屋敷の近くにいたら、殿に報告しようと決めて、裏門から出て、屋敷の周りを正門のほうへ向かって歩いていったら、遊び人と小柄でやせた、風采の上がらぬ爺さんが、正門をはさんで二手に分かれ、歩いてくる中間たちに片っ端から声をかけている。

様子からみて、聞き込みをかけているのは明らかだった。

遊び人と話していた中間に声をかけて、

「どんな話をしていたのか」

と問いただしたら中間は、

「高岡様のことを根掘り葉掘り訊かれた。高岡様に迷惑をかけられた人がいる。その人が気の毒でならない。何とかしてやりたいので調べている、と言っていた」

とこたえた。

夕七つ（午後四時）を告げる時の鐘が鳴ったら、遊び人と爺さんは引き上げていった。

一気に話し終えて、檜山が告げた。

「ふたりが立ち去るのを見届けたので、急ぎ殿にご注進した次第です」

聞き入っていた高岡が、

「誰がそいつらを差し向けたか、あらかたの見当はつく。どうしたものか」

ひげ面で、えらの張った顔、太い眉にくぼんだ切れ長の目、鷲鼻で色黒の高岡玄蕃は、長身で筋肉質、五十そこそこの、いかつい体躯の持ち主だった。剣は柳生新陰流皆伝の腕前である。

しばし、空に目を遊ばせていた高岡が、檜山を見やって告げた。

「明日、朝一番に、湯島の室田道場に出向き、主の室田典膳や門弟とは名ばかりの浪人たち、出入りしているやくざどもに命じて、遊び人と爺を見張らせ、どこの誰か突き止めさせるのだ」

「承知しました」

檜山が深々と頭を下げた。

六

武家屋敷の立ち並ぶ一帯は、夕七つ（午後四時）を過ぎたら、ほとんど人の往来がなくなる。

相手がいなければ、聞き込みはできない。

所在ない様子で立っている啓太郎に歩み寄って、弥兵衛が声をかけた。

「引き上げるか」

「そうですね」

笑みを浮かべて、啓太郎が応じた。

「行くぞ」

さっさと弥兵衛が歩き出す。

一歩遅れてついてくる啓太郎に、弥兵衛が話しかけた。

「肩をならべて歩こう。そのほうが話しやすい」

「そうですね」

足を速めた啓太郎が、弥兵衛とならんだ。

弥兵衛が問いかける。

「調べ始めて今日までの間に、高岡玄蕃らしい武士の姿を見かけたか」

首を傾げて、啓太郎がこたえた。

「見ていません。一昨日、家来がひとり、高岡の屋敷から出かけて、二刻ほどして帰ってきました。それ以外は、人の出入りはありません」

「そうか。もっとも高岡玄蕃は無役の寄合衆。特段、出かける所用もないのかもしれぬな」

「いいご身分ですね。先祖代々つないできた旗本の身分と、受け継いだ家禄で何もしないで暮らしていける。おれたち町人は、何かやって稼がないと食っていけない。遊び人でおっ母さんから食わしてもらっているおれでも、小遣い稼ぎに時々普請場の手伝いなど、日傭の仕事をやっています」

「そうか。日傭で働いたこともあるのか」

「人嫌いというか、御店に奉公して、主人や番頭たちの顔色を窺いながら働くことができないんです。嫌いな奴とは話もしたくないし、そんな奴に文句のひとつも言われたら我慢できずに、ぶん殴ってしまう。おっ母さんが伝手を頼って、奉公先を探してきたんで、仕方なく奉公したんですか、駄目でした。持って生まれた性分なんでしょうね」

神妙な、啓太郎の物言いだった。

「だが、わしとはうまくいっている。不思議だな」

「親爺さんもおれも、捕物が好きですからね。それに、親爺さんは、いろいろと気遣いしてくれる。探索する掛かりは十分過ぎるくらいもらっているし、ありがたいかぎりです」

「そのことば、そのまま啓太郎に返そう。捕物は、つねに命がけだ。わしとともに命がけで働いてくれる。ありがたいかぎりだ」

照れくさそうに、啓太郎が応じた。

「ありがたいなんて、親爺さんにそう言われると、何か嬉しいなあ」

微笑んで、一瞬、空に目を泳がせた啓太郎が、弥兵衛に目を向け、口調を変えて問うた。

「ところで、目安箱に投げ入れた書状には、どんなことを書いたのですか」

「糸倉屋から聞いたことと、みんなで聞き込んできた話を書き記した」

不意に弥兵衛が足を止めた。

つられたように、啓太郎も立ち止まる。

じっと啓太郎を見つめて、弥兵衛が告げた。

「糸倉屋と話したとき、気になることを聞いた」

「気になること？」

「啓太郎の話をしたら、糸倉屋の主人が『私は、啓太郎の父親です』と言ったのだ。その場には本町の名主もいた。糸倉屋は『啓太郎のことを、世間に隠す気はない』

とも言っていた」

眉間に縦皺をつくり、横を向いて啓太郎が吐き捨てた。

「糸倉屋の主人は、おれとおっ母さんを捨てた男です」

それきり、黙り込んだ。

弥兵衛も声をかけない。

啓太郎の様子から判じて、

(お郁から、糸倉屋栄蔵とのこれまでのかかわりを聞いたことは、口が裂けても啓太郎には言えない。お郁に口止めしたことは、間違いではなかった。いまの啓太郎は、わしが密かにお郁を訪ねたと聞いただけでも動揺し、わしを信頼しなくなるだろう。わしは啓太郎が好きだ。栄蔵の子を思う気持を、啓太郎に伝えたい。伝われば啓太郎は一回り大きくなる。男として独り立ちできる)

うつむいて、黙々と歩を運ぶ啓太郎を横目で見て、弥兵衛は、

(栄蔵と啓太郎を、何のわだかまりもない仲にしてやりたい。できうるかぎりのことをやるしかない。必ず仲を取り持ってみせる)

胸中でそう誓っていた。

七

翌朝、茶屋裏の濠端で落ち合う約束をして、住まいへ帰る啓太郎と別れた弥兵衛は、早足で離れへもどった。

飯櫃に残っていた冷や飯で、握り飯を二個つくった弥兵衛は、勝手の板敷の上がり端に腰をかけて食べ終えた。

手を洗い、湯飲みに水を満たして持ち、居間へ向かう。

部屋に入った弥兵衛は、文机の前に座った。

文机に置いてある、墨と硯と筆を入れてある木箱を開ける。

持ってきた湯飲みから、硯池に水を注いだ。

墨を手にして、擦り始める。

擦り終わった弥兵衛は、木箱のそばにある巻紙を手にとった。

前回とほとんど似たような内容だったが、弥兵衛は目安箱に投げ入れる二通目の書状を、一気呵成に書き上げた。

翌朝、濠を前に、弥兵衛をはさんで半次と啓太郎が、肩をならべて立っている。

啓太郎に、変わった様子はなかった。一晩眠ったら、気分もおさまったのだろう。

荷を積んだ船、荷下ろしが終わった多数の荷船が、濠を行き交っていた。

まず半次が、

「昨日張り込んで、よくわかりました。糸倉屋は繁盛しています。客足が途絶えることはありませんでした。中間や乳母など供を連れた武家娘も五人ほどきました。武士と中間か若党、といった組み合わせの、男だけの客は、一組もいませんでした」

と報告した。

弥兵衛が告げる。

「高岡玄蕃には何の動きもなかった。今日も昨日と同様、半次は糸倉屋を張り込んでくれ。わしと啓太郎は評定所へ出向き、昨夜書いた書状を目安箱に投げ入れる。それから、高岡の屋敷へ向かい、聞き込みをつづける。明朝、ここで落ち合い、知り得たことを互いに報告しあおう。出かける」

無言で、ふたりがうなずいた。

小半時（三十分）後、弥兵衛と啓太郎は、目安箱の前に立っていた。

懐から取り出した書状を、弥兵衛が目安箱に投げ入れる。

そんな弥兵衛を身じろぎもせず見つめていた啓太郎が、書状が目安箱のなかへ消えたのを見届けて、声を上げた。

「天下の直参旗本と本気でやり合う。ますますおもしろくなってきた」

不敵な笑みを浮かべる。

そんな啓太郎に視線を走らせた弥兵衛が、満足げに目を細め、うむ、と大きくうなずいた。

第六章　抜き差しならぬ

一

駿河台にある高岡の屋敷近くで、啓太郎が不意に立ち止まった。

弥兵衛も足を止める。

「どうした？」

問いかけた弥兵衛に、啓太郎がこたえた。

「あっちからやってくるふたり連れの武士のひとりは、先日、高岡さまの屋敷に入っていった、家来とおもわれる男です」

顎（あご）を振って、啓太郎が示した。

凝視して、弥兵衛が訊いた。

「若いほうか」

「そうです」

様子を探るべく身を乗り出そうとした啓太郎に、弥兵衛が声をかけた。

「塀に身を寄せろ」

「いけねえ。見つかるところだった」

あわてて啓太郎が、塀に張りついた。

その後ろに、弥兵衛も身を寄せる。

「わしのほうからは見えない。どうなっている」

「ふたりは、正門の潜り口から入っていきます」

「どっちが先に入った」

「家来と思われる武士です」

正門を見つめたまま、啓太郎がこたえた。

弥兵衛の耳に、辻番所の番人のことばが蘇った。

「高岡さまは町場で剣術を指南している道場主を手なずけ、約束した役高の三割を届けてこない旗本たちのところに取り立てに行かせているようだ」

家来と思われる武士と歩いてきたのは、総髪に髷を結った、筋骨逞しい、武芸者然とした武士だった。薄い眉と細く鋭い目、細長い顔のなかほどに鎮座する鷲鼻が、ただでさえ剣呑な顔立ちに、冷徹さを加味している。

弥兵衛が言った。

「そうか。連れの武士は、おそらく高岡が面倒をみている武芸者だろう。今日の聞き込みは止めよう」

「止める？　なぜですか」

訊いてきた啓太郎に弥兵衛がこたえた。

「張り込んで様子をみよう。昨日、あからさまに聞き込みをしていたわしたちに家来が気づいて、高岡に注進したのかもしれない。だとしたら、連れの男が何者か突き止めるまで、動き方を密かなものに切り替えるべきだと思う」

「総髪の武士が出てきたら、おれが跡をつけます」

振り向いた啓太郎に、弥兵衛が告げた。

「そうしてくれ。わしの見立てどおり、武士が武芸者だとしたら、つけてくる者の気配に気づくはずだ。できうる限り気配を消して、つけていくのだぞ」

「わかりました」

真剣な眼差しで、啓太郎が強く顎を引いた。

家来と武芸者らしい武士が歩いてきた方角と、屋敷の正門を見張ることができる場所に、弥兵衛たちは張り込む場所を移していた。

武士たちが屋敷に入ってから半時（一時間）ほどして、総髪の武士が正門の潜り口から出てきた。

やってきた方へ歩いて行く。

気づかれぬほどのへだたりに達したとき、

「つけます」

小声で言って、啓太郎が通りへ出た。

もどってくるまで、近くで張り込んでいる、とすでに打ち合わせてある。

遠ざかる武士をつけていく啓太郎の後ろ姿に、弥兵衛は目を注いだ。

つけていってから、二刻（四時間）は過ぎ去っている。

弥兵衛は、啓太郎がもどってくるであろう通りをのぞむことができる、武家屋敷の塀の陰に身を置いていた。

弥兵衛が、伸び上がるようにして目を凝らす。

武家屋敷の塀に沿って歩いてくる、啓太郎が見えた。

次第に近づいてくる。

身を寄せていた塀から、通りへ出た弥兵衛は、啓太郎に向かって歩を移した。

そばにきても歩調を変えない弥兵衛に、啓太郎が訝しげな目を向ける。

すれ違いそうになったとき、弥兵衛が声をかけた。

「次の辻を曲がったところで待っている。知らんぷりして行き交い、振り返らないで次の角で曲がるのだ。回り道して合流してくれ」

わかった、という合図がわりか、わずかにうなずいた啓太郎は、いままでと同じ足取りで歩いて行く。

たがいに背中を向けて遠ざかり、ふたりとも次の辻で道を折れた。

さほどの時を置かずに啓太郎は、弥兵衛のいる場所にやってきた。

そこは、高岡の屋敷からは見えない一画だった。

そばにきた啓太郎に、弥兵衛が声をかける。

「総髪の武士が行き着いた先を、突き止めたようだな。顔つきでわかる」

苦笑いして啓太郎が応じた。

「顔に出るようじゃ、まだまだ修行が足りませんね」

真顔になって、啓太郎がつづけた。

「親爺さんの見立てどおりでした。総髪野郎は湯島天神近くにある〈東軍流　室田道場〉へ入っていきました」

渋面をつくって弥兵衛が応じた。

「東軍流だと。厄介だな」

「おれも、そう思います。東軍流は実戦向きの剣術、と聞いています」

東軍流は、四代将軍家綱の時代に創始された流派で、戦国乱世の気風が残っている、実戦を重視した剣法であった。

多数で斬り合う、乱戦で役に立つ戦い方や技を主に修行する東軍流からは、二十四の分派と六十余の支流が生まれた。

東軍流を修行し会得した者のなかには、元禄十五年（一七〇二）十二月十四日に、みごと主君の敵、吉良上野介を討ち果たした赤穂浪士の頭領、大石内蔵助が含まれている。

「東軍流の使い手が相手となると、何が起こるかわからぬな」

独り言のようにつぶやいた弥兵衛が、啓太郎を見やってことばを継いだ。

「今日は引き上げよう」

「なぜですか。まだ人は往来しています。聞き込みをかけられますぜ」

不満げな啓太郎に、弥兵衛が言った。

「高岡が動き出したのだ。迎え撃つ支度にかかるべきだろう。お郁を危ないめにあわせるわけにはいかない。明日から離れに泊まり込め」

「そうします」

「わしは明日から仕込み杖を持ち歩く。啓太郎は匕首を身につけるのだ。引き上げる道筋に刀剣屋があれば、わしが金を払う、匕首を買おう。半次の匕首を借りるわけにはいくまい。いずれ半次にも、匕首が必要になるからな」

「ことばに甘えます、何せ、いつも空っ穴で、とても匕首を買う金なんかありませんと」

申し訳なさそうに、啓太郎が頭を下げた。

「行くぞ」

笑みをたたえて声をかけ、弥兵衛が歩き出す。

一歩遅れて、啓太郎が足を踏み出した。

二

帰る道筋に刀剣屋があった。

入った弥兵衛は、啓太郎のために一本の匕首を買い求めた。

店を出たところで、弥兵衛が告げた。

「この匕首は、わしが預かっておく。啓太郎が持ち帰って、お郁の目に留まったら、よけいな心配をさせることになるからな」

「わかりました。明日、受け取ります」

「行くか」

歩き出した弥兵衛に啓太郎がつづいた。

次の辻で、弥兵衛は啓太郎と別れた。

足を速める。

明日、目安箱に投げ入れる書状を、今夜のうちに書き上げなければいけない。弥兵衛は、できるだけ間をおくことなく、つづけざまに目安箱に書状を投げ入れる、と決めていた。

離れにもどった弥兵衛は、飯櫃（めしびつ）に残っていた冷や飯で握り飯を二個つくり、勝手の板敷の上がり端に腰をかけて食べた。

食べ終わった弥兵衛は、水を満たした湯飲みを手に居間へ向かった。

文机へ向かって、弥兵衛が書状を書きすすめているころ……。

住まいにもどった啓太郎は、自分の部屋に置いてある箪笥（たんす）から、持って行く着替えをとりだし、畳に広げた風呂敷に移していた。

開け放した襖（ふすま）の向こうに立って、心配そうに見ていたお郁が、おずおずと声をかける。

「今度は、どんなことを調べているんだい」

着替えを選びながら、厭味（いやみ）な口調で啓太郎がこたえた。

「糸倉屋が困っているらしい。親爺さんは、助けてやる気で動いている。おれは、どうでもいいんだ。ただ、あの栄蔵の野郎が困っている面を見て溜飲を下げたい。それだけの気持で、手伝っているだけだ」

声を高めて、お郁が言った。

「そんなこと言わないでおくれ。困っているのなら、何とかしてあの人を、栄蔵さんを助けておくれ。お願いだから、おっ母さんの頼みをきいておくれ」

手を止めて、啓太郎が振り返って吠えた。

「名前なんか呼ぶんじゃねえ。あの野郎は、おっ母さんとおれを捨てた薄情な男だ。許せねえ。てめえの出世のために、おれたちを見捨てたんだ」

駆け寄り、啓太郎を覗き込むようにして、お郁が迫った。

「違う。見捨てたんじゃない。すべてあたしが」

遮って、啓太郎が怒鳴った。

「聞きたくねえ。あっちへ行ってくれ。これ以上、口をききたくねえ」

顔を背けた啓太郎の肩に触れようと、お郁が手をのばす。

振り返ることなく、啓太郎が声を荒らげた。

「行ってくれ。顔も見たくねえ」

のばしかけた手を止めて、お郁が棒立ちになった。

しばし、見つめる。

後ろを向いたまま、啓太郎は身じろぎもしない。

息を呑んだお郁の顔が、くしゃくしゃに歪んだ。

「啓太郎」

喘ぐようにつぶやく。

諦めたのか、がっくりと肩を落とし、啓太郎に背中を向けた。

大きくため息をついて、お郁が部屋から出て行く。

襖が閉められた。

振り向いた啓太郎の目が、こころなしか潤んでいる。

三

翌朝、茶屋の裏手の濠端で弥兵衛たちは、前日の探索で知り得たことを報告しあうために落ち合っていた。弥兵衛は右手に仕込み杖を持ち、左手には細長い風呂敷包みを下げている。

着替えを入れた風呂敷包みを下げた啓太郎に、半次が問いかけた。

「親爺さんは仕込み杖と風呂敷包み、啓太郎は大きな風呂敷包みを持っている。何が起こったんだ？」

「高岡がきな臭い動きを始めた。それで親爺さんから」

「泊まりこめ、と言われたのか」

「そうだ」

啓太郎がうなずく。

わきから弥兵衛が声をかけた。

「これを渡しておく」

風呂敷包みを啓太郎に差し出す。

「大事に使わせてもらいます」

頭を下げて、啓太郎が受け取った。

再び半次が訊いた。

「何だ、それ」

「親爺さんから、匕首を買ってもらった」

こたえた啓太郎に、半次が羨ましそうに言った。

「いいね。おれも欲しいよ」

口をはさんで弥兵衛が話しかけた。

「欲しければ、買ってやるぞ」

苦笑いして、半次が応じた。

「いや、いいですよ。とびきり気に入っている匕首を持っています。口で言っただけですよ」

「そうか。ほんとに欲しそうだったぞ」

揶揄（やゆ）する口調で啓太郎が話しかけた。

半次が応じた。

「そのうちに欲しいものができたら、親爺さんに頼んで買ってもらう。が、いまのところ欲しいものはないんだ。ところで」

顔を弥兵衛に向けて、半次がつづけた。

「昨日は、糸倉屋には変わった様子はありませんでした。あいかわらず絶え間なく客がきています」

「近いうちに、高岡か、高岡の家臣がやってくるはずだ。油断なく見張っていてくれ」

「わかりやした」

こたえた半次から、視線を啓太郎に移して、弥兵衛がことばを重ねた。

「離れに着替えを置いた後、高岡の屋敷へ向かい張り込んでくれ。わしは目安箱に三通目の書状を投げ入れてから、駿河台へ向かう」

「そうします。おれが泊まり込む部屋は、いつも使わせてもらっている座敷ですね」

「そうだ」

ふたりを見やって、弥兵衛が告げた。

「出かけよう」

「しっかり張り込みやす」

「屋敷の近くにいます」

相次いで半次と啓太郎がこたえた。

弥兵衛が歩き出す。

ちらり、と見合って、半次と啓太郎が足を踏み出した。

呉服橋御門でふたりと別れた弥兵衛は、評定所へ向かった。

道三河岸に面した通り沿いに、評定所は建っている。

評定所前の縁台に置かれた、目安箱の前に立った弥兵衛は、懐から書状を取り出した。

目安箱に書状を投げ入れる。

（これで三通目。なかみは似たようなものだが、心ある武士が目安方の任に就いていれば、気にとめるはずた。わしが目安方だったら、つづけざまに三通の訴状が投げ入れられたら、必ず気になる。近いうちに、きっと何か起きる。起きることを祈るだけだ）

胸中でつぶやいて、弥兵衛は凝然と目安箱を見つめた。

四

やってきた弥兵衛に気づいて、高岡の屋敷を張り込んでいた啓太郎が武家屋敷の塀の陰から出てきた。

近寄ってきた啓太郎を見つめたまま、弥兵衛が後退りして、高岡の屋敷からは見ることができない塀の陰に入る。

後を追って入ってきた啓太郎が、そばにきて話しかけてきた。

「昨日、室田道場へ入っていった総髪の武士が昼前に、仲間と思われる浪人十人をしたがえて、高岡の屋敷へ入っていきました」

「わしの予感が的中したな。匕首は持ってきたか」

「この通り」

応じた啓太郎が、懐に手を入れ、匕首を抜き出して、柄の先端を見せた。

「相手は乱戦に役立つ剣法、東軍流の修行を積んだ者たちだ。襲われたときは、匕首では太刀打ちできないかもしれぬ。できるだけ早いうちに、わしが敵の大刀を叩き落とす。機を窺って、その大刀を拾って斬り合うのだ」

「そうします」

唇を固く結んで、啓太郎がこたえた。

その日、弥兵衛と啓太郎が引き上げるまで、武士と浪人たちは屋敷から出てこなかった。

弥兵衛たちは夕七つ（午後四時）過ぎには、人の往来がほとんどなくなったにもかかわらず、暮六つ（午後六時）まで張り込んだ。武士と浪人たちが何か仕掛けてくるかもしれない、と考えたからだった。

あえて、弥兵衛たちは同じ場所で張り込みつづけた。

（高岡は、わしたちが調べていることを知っている。だから、武士や浪人たちを呼び寄せたのだ。必ず動く）

が、そんな弥兵衛の推測は見事に外れた。

何も起きなかった。

拍子（ひょうし）抜けした気分で、離れへ向かう途中、屋敷ふたつほど隔てたあたりから少し過ぎたところで、弥兵衛が啓太郎に小声で話しかけた。

「振り向くな。つけられている。ひとりではない。数人ほどだ」

気配を背後に集中して、啓太郎が応じた。

「たしかに。気配が弱い。気配を消しきれていないんですね」

「修行が足りないのだろう」

「たぶん。ところで、どこかで斬り合いますか」

訊いてきた啓太郎に、弥兵衛が応じた。

「このまま、気づかぬふりをして歩いていこう」

啓太郎が訝しげな声を上げた。

「いいんですか。どこに住んでいるか、突き止められますよ」

「それが狙いだ」

思わず弥兵衛に目を向けて、訊いた。

「狙い？」

横目で啓太郎を見て、弥兵衛がこたえた。

「つけてきた連中は、わしたちが八丁堀にある、与力の屋敷に入っていくのを見届けて、高岡に報告するだろう。聞いた高岡たちが、どんな動きをするか、楽しみだな」

微笑みを浮かべた。

「そういうことですか。つまるところ、誘いをかけるわけですね」

問いを重ねた啓太郎に、弥兵衛が訊き返した。

「あらためて訊くが、高岡の屋敷に武士とともに入っていった浪人は十人だったな」

「間違いありません。三度、数え直しましたから」

首を傾げて、弥兵衛が言った。

「つけてくる足音は、二、三人のものだ。高岡は、武士や浪人たちを四組に分けて、四方に配置したのだ。わしたちがどこへ帰るかわからないから、そうしたのだろう」

「なるほど。四方で見張らせれば、親爺さんとおれが、どこへ帰っても見逃すことはない」

「おそらく連中は、遅くとも夕七つ前に屋敷の裏門から出て、四方に散ったに違いない」

「昨日は、夕七つごろに引き上げましたからね。高岡は家来に命じて、おれらの動きを、屋敷のどこかから見張らせていたのかもしれませんね」

「上に登って屋根のどこかから見渡せば、周囲をあらためることができるのかもしれない。これから先、何度か歩調を変えながら歩いていこう。つけてくる連中も、わしたちに歩調を合わせてくるはずだ」

「少し足を速めますか」

問いかけた啓太郎に、

「そうだな」

応じて、弥兵衛が足を速める。

歩調を合わせて、啓太郎が歩を運んだ。

　裏門から、弥兵衛につづいて屋敷に入ってきて、啓太郎が声をかける。

「やっぱり、屋敷までつけてきましたね」

「連中は高岡に、わしたちは尾行されていることに気づかなかった、と報告するだろう。武芸の心得のないふたり、とわしたちを見立ててくれたら好都合だ。少なくとも最初に仕掛けてくるときは、連中は、わしたちを甘く見て襲ってくる。連中の腕前を見極める、いい機会になる」

「明日あたり、仕掛けてくるかもしれませんね」

「そのつもりでいたほうがいいだろう」

「腕の振るいどころですね」

　啓太郎が不敵な笑みを浮かべた。

五

　翌朝、この日非番の紀一郎は、居間でいま取りかかっている事件の経緯（けいい）を書き記すため、文机（ふづくえ）に向かっていた。

　廊下から襖越しに声がかかった。

「わたしです。入ります」

筆を持つ手を止めて、紀一郎が振り向いた。

「何だ」

襖が開けられた。

入ってきた千春が、襖を閉め、紀一郎と向き合って座った。

「庭で立木に水をやっていたら、お義父さまが仕込み杖を持って、啓太郎さんと一緒に出かけられるのを見ました」

向き直って、紀一郎が問いかける。

「父上が仕込み杖を持って出かけたというのか。一緒だったということは、啓太郎は、すでに離れに泊まり込んでいるということになるな」

「たぶん、そうだと思います」

首をひねって、紀一郎がつぶやいた。

「父上が仕込み杖を手にする。それは、事件の探索がすすんで、狙う相手から襲われるおそれがある、という意味だ」

千春を見やって、つづけた。

「中山様に相談してみる。出仕する。支度をしてくれ」

「承知しました。急いでととのえます」

こたえて千春が腰を浮かせた。

昼過ぎ、高岡の屋敷で動きがあった。

室田とおぼしき剣客を連れてきた家来をしたがえて、武士が出てきたのだ。

家来の丁重な対応からみて、武士は主の高岡玄蕃、と思われた。

張り込んでいた弥兵衛と啓太郎は、ふたりに気づかれないほどの隔たりを保ってつけていく。

本来なら、弥兵衛か啓太郎のどちらかが、屋敷を張り込むために残るべきであった。

が、弥兵衛が、

「いつ、高岡が差し向けた刺客たちが襲ってくるかわからぬ。いまは、つねにふたりで動いたほうがよかろう」

と言いだした。

啓太郎に否やはなかった。

先を行くふたりの武士が、つけてくる弥兵衛たちに気づいた様子はなかった。

一度も後ろを振り向くことなく、歩きつづける。

武士たちが本町に入ったとき、啓太郎が小声で弥兵衛に話しかけた。

「糸倉屋へ向かっている。そんな気がします」

「多分、そうだろう。糸倉屋に、早く金を用立てろ、と催促しに行くのだろう」

応じた弥兵衛に、

「金を借りる奴が、偉そうに振る舞う。武士の家に生まれたというだけで、どんな無理難題でも罷(まか)り通る、と思っている。筋が通らない。おれは武士が嫌いです」

吐き捨てるように啓太郎が言った。

ちらり、と弥兵衛が視線を走らせると、啓太郎は怒りを抑えているのか、下唇を嚙みしめて武士たちを睨みつけている。

その怒りのもとが、たんに武士という身分を持つ者に向けられているだけなのか、自分と母を捨てた、と憎んでいるはずの栄蔵にたいして、気の毒に思う気持が混在しているのか、弥兵衛にはわからなかった。

が、今この瞬間、啓太郎には、理不尽なめにあっている栄蔵に敵対する気持だけは失せていることを、弥兵衛は感じ取っていた。

思ったとおり、ふたりが行き着いた先は、糸倉屋だった。

糸倉屋の前に立った弥兵衛と啓太郎が顔を見合わせる。

たがいの目が、

（やっぱり、行く先は糸倉屋だった）

と告げ合っている。

歩み寄ってくる足音がした。

振り返ると、近くに半次が立っている。

「屋敷からつけてきたんですね。偉そうな奴が高岡ですか」

訊いてきた半次に、弥兵衛がこたえた。

「わからぬ。ふたりが出てきたら、糸倉屋に訊いてみる。いままで半次が張り込んでいたところで見張ることにしよう」

「こっちです」

先に立って、半次が歩き出した。

弥兵衛たちがつづいた。

半時（一時間）ほどして、高岡と思われる武士と家来が糸倉屋から出てきた。

通りをはさんで斜め向かいの通り抜けに、弥兵衛たちは身を潜めている。

(歩き去る武士たちが、振り返ることはない)

そう判じた弥兵衛は、啓太郎と半次に顔を向けた。

「糸倉屋へ行って、いま引き上げた武士たちは何者か、訊いてくる。ついでにどんな話を持ちかけてきたかもな。ここで待っていてくれ」

無言で、啓太郎と半次がうなずく。

うなずき返して、弥兵衛が通りへ出た。

糸倉屋へ入っていく。

小半時(三十分)後、糸倉屋から弥兵衛が現れた。

通り抜けに入ってきた弥兵衛が、啓太郎と半次に告げた。

「さきほど出てきたふたりの武士は、高岡玄蕃と家来の檜山金吾だった。顔を見たか」

「よく見ました」

「いまでもふたりの顔が、瞼(まぶた)の裏に残っておりやす」

相次いで啓太郎と半次がこたえた。

六

とうに夜五つ（午後八時）は過ぎていた。

居間で、紀一郎は待っている。

半時ほど前、弥兵衛を連れてくるように頼んで、離れへ向かわせた千春は、まだもどってこない。

空を見据えた紀一郎は、昼前に北町奉行所の一室で、年番方与力中山甚右衛門と会ったときのことを思い出していた。

中山は千春の父であり。紀一郎の上役でもあり、隣の屋敷の主でもあった。

娘婿（むすめむこ）の紀一郎は、お役目や事件がらみの話は北町奉行所のなかでしかしない、と決めていた。

ともに、つねに捕物に携わっている身である。

（義父上（ちちうえ）には　せめて屋敷にいるときだけは、お役目を忘れ、のんびりと過ごさせてやりたい）

隣人であるがゆえの、紀一郎なりの心遣いであった。

中山も、そんな紀一郎の気持を察していた。

非番の日に出仕し、年番方与力詰所に顔を出して、

「急ぎ耳に入れたいことができました。知恵を貸してください」

と頼んできた紀一郎を、中山は別間に誘った。

向かい合って座るなり、中山が声をかけてきた。

「松浦殿が仕込み杖を手にして出かけたのだな」

「そうです。町奉行所の支配を外れた旗本相手の探索、表立って動くわけにはいきませぬが、密かに手助けしてやる手立てがあれば、教えていただきたいと思って参りました」

応じた紀一郎に、中山が告げた。

「隠密廻りの同心に陰ながら警護させる。いまは、その程度のことしか思い浮かばぬが」

首をひねった中山が、ことばを継いだ。

「探索の相手は旗本でも、松浦殿を襲ってくる連中は、旗本に雇われた浪人たちだろう。町道場の主や弟子とは名ばかりの破落戸(ごろつき)浪人たちは、町奉行所で扱うことができる相手。とりあえず隠密廻りの同心に、松浦殿に気づかれぬように見張らせる。

襲われたときは、助勢させるぐらいのことしかできないだろう」

「わかりました。とりあえず隠密廻りの同心に、陰ながら父上を警護するように手配したいのですが」

うなずいて中山が告げた。

「すべて秘密裡にすすめる。そのこと、肝に銘じておけ」

「承知しました」

紀一郎が深々と頭を下げた。

（父上を陰ながら守るためには、どうしたらいいのか。ほかに手立てはないのか）

思案を深めた紀一郎に、襖越しに千春の声がかかった。

「お義父さまをお連れしました」

その呼びかけが紀一郎を現実に引きもどした。

「待っておりました」

「入るぞ」

声と同時に、襖が開けられた。

弥兵衛が入ってくる。

廊下に座ったまま、千春が告げた。

「ここで下がらせていただきます。茶をお持ちしますので、お待ちください」

歩みを止めて、弥兵衛が振り返った。

「茶はいらぬ。休むがよい」

「いえ、それは」

千春が、紀一郎に視線を走らせる。

弥兵衛を上座に座らせるように移動しながら、紀一郎が告げた。

「父上の仰有るようにしてよい。話が長引くかもしれぬ。一休みしていてくれ」

「わかりました」

三つ指ついて、千春が頭を下げた。

腰を浮かせて腕をのばす。

襖を閉めた。

足音が遠ざかっていく。

紀一郎を見つめて、弥兵衛が話しかけた。

「余計な心配をかけたな。仕込み杖を持ったのは、用心のためだ。まだ何事も起こっていない」

「起こってからでは遅うございます。今日、中山様に相談したところ、あくまでも秘密裡にすすめる。そのことを肝に銘じておけ、と言われました。とりあえず隠密廻りの同心に警護させようかと思っております」

応じた紀一郎に弥兵衛が告げた。

「ありがたい申し入れ、受け入れさせてもらう。甘えついでに我儘を言うが、できれば津村礼二郎がよい。津村なら気心がしれている。何かと安心だ」

あっさりと申し入れに応じた弥兵衛に、拍子抜けしたような表情を浮かべて紀一郎が訊いた。

「いつもは一言ある父上が、申し入れを受け入れられたからには、それなりの理由があるはず。お聞かせください」

苦笑いして、弥兵衛がこたえた。

「見抜かれたか。実は、探索している相手の、高岡玄蕃が便利使いしている剣客がいる。室田某という者でな。湯島天神近くで町道場を開いている東軍流の遣い手だ」

眉をひそめて、紀一郎が言った。

「東軍流ですか。乱戦重視の実戦向きの剣法、厄介ですな」

「剣の心得があるのは、啓太郎だけだ。今度の探索では、半次の喧嘩剣法では太刀打ちできないだろう。半次の身を守るためには、ひとりでも助っ人がいれば、と考えていたところだ」

「わかりました。明日朝一番に、津村に父上の警護を命じましょう」

「いや。津村には、わしの警護より先にやってもらいたいことがある」

「何をやらせればよろしいのですか」

「室田某と室田道場、弟子たちの行状だ。評判を知れば、どの程度の相手か見当がつく。それと」

「それと何でございますか」

紀一郎が問いを重ねた。

「家禄三千石の旗本坂本桔平、無役の寄合衆だ。年のころは三十前。高岡玄蕃が、条件をのんだら役につけてやる、と持ちかけたが、即座に断ったそうだ。それで高岡の怒りを買い、高岡の世話になった旗本たちに、無礼者の坂本とは付き合うな、冷遇しろ、というようなかみの書状をまわされ、いじめられているという噂だ。この坂本についても室田同様、行状と評判を調べ上げてもらいたい」

「わかりました。明日から調べにかからせます」

「頼む」

応じた弥兵衛に紀一郎が訊いた。

「隠密廻りの同心を、もうひとり警護につけましょうか」

「その必要はない。かかわる者が増えるほど、秘密を守れなくなる。ここ数日は、たとえ襲われても大丈夫だ。室田道場の奴らも、町人相手と侮ってかかってくるだろう。襲われるのはわしと啓太郎。まず後れをとることはない」

「わかりました。とりあえず津村を動かします」

「頼む」

笑みを向けて、弥兵衛がことばを継いだ。

「我ながら、今日もよく動いた。疲れたので寝る。離れに帰るぞ」

「お休みください。千春を呼んで、ふたりで見送ります」

「見送りは無用。それより夫婦仲良うしてくれ。一日も早く孫の顔を見たい。中山殿も喜ぶ。わしは、その日がくるのが楽しみだ」

「それは、しかし」

照れたのか、紀一郎がはにかんだような笑みを浮かべた。

「引き上げる」

和やかな好々爺そのものの顔つきで、弥兵衛が立ち上がった。

七

（目安方が動いていたら、そろそろ高岡玄蕃に呼び出しがかかるころだ。坂本桔平の名は目安状に記してある。坂本を聴取したら、目安状に書かれている内容の一部は事実だ、と裏付けられる。公儀の役職が裏金で自由に売り買いされていることは必ず問題になる。おおまかな調べがついたら、高岡は呼び出される。呼び出されていたら、遅くとも明六つ半には屋敷を出るはずだ）

そう推断した弥兵衛は、早めに離れを出た。

半次とは、昨日、糸倉屋の前で出会ったときに、報告をうけている。

今朝は会わない、と決めてあった。

明六つ（午前六時）前に、弥兵衛と啓太郎は高岡の屋敷を見張ることができる、武家屋敷の塀の陰にいた。

弥兵衛の予測は、ものの見事に的中した。

小半時もしないうちに高岡と檜山が屋敷から出てきたのだ。

ふたりとも険しい顔をしている。

とくに高岡は、前方を見据え、人を寄せ付けない剣呑なものを、躰全体から発していた。

「行き先は評定所でしょうか」

顔を寄せて訊いてきた啓太郎に、

「たぶん、そうだろう。つけるぞ」

尾行に気づかれない隔たりと見極めた弥兵衛が、声をかけて通りへ出た。啓太郎がつづく。

行き着いた先は、竜ノ口の評定所だった。

評定所の正門に、檜山をしたがえた高岡の姿が吸い込まれていく。

凝視したまま弥兵衛が告げた。

「出てくるまで、ここで待とう」

「そうですね。高岡の野郎、どんな面をして出てくるか、見物ですぜ」

ざまあみろ、とでもいいたげな、啓太郎の口調だった。

夕七つ（午後四時）を大きくまわったころに、高岡と檜山が出てきた。

（高岡は、憔悴しきっているはず）

そう思っていた弥兵衛は、出てきた高岡を見た瞬間、驚愕に顔を歪めた。

高岡は背筋をのばして、堂々としている。

その目は、新たな戦いに挑む者のように、らんらんと強い光を放っていた。

一瞬、

（何ひとつ咎められなかったのではないか）

と思ったほどであった。

しかし、つづいて出てきた檜山の姿を見たとき、その思いは消えた。

肩を落とした檜山は、まさに青菜に塩の態だった。

その姿から、評定所で行われた取調が、厳しいものであったことが推測できた。

（厳しいが命取りになるほどの調べではない。高岡はそう判じているのだ。あの烈々たる眼光の激しさは、これから反転攻勢に打って出るという、強い意志がなせることなのだろう。どんな手を打ってくるか、おおかたの見当はつく。高岡は幕府の重臣たちに、裏金をばらまけば思うがままに動いてくれることを知っている。糸

倉屋への、すぐ金を用立てろ、との要求が、一気に厳しくなるはずだ）

胸中でつぶやいた弥兵衛が啓太郎に告げた。

「屋敷へもどるまで見届けよう」

「わかりやした」

こたえた啓太郎も、高岡の様子に異様なものを感じとっていたのか、固い声音だった。

「行くぞ」

歩き出した弥兵衛に啓太郎がならった。

第七章　日暮れて道遠く

一

翌日、檜山のほかに四十半ばと見える武士をしたがえ、編笠をかぶった高岡が屋敷から出てきた。

武家屋敷の塀の陰に身を潜めていた弥兵衛と啓太郎が、跡をつけていく。

三人が行き着いた先は、糸倉屋だった。

町家の外壁に身を寄せた弥兵衛が、啓太郎に話しかける。

「昨日、評定所に呼び出されたばかりだ。本来なら、おとなしくしているときなのに、糸倉屋にやってきた。急ぎの金が必要になったのだろう。幕閣の重臣たちに裏金をばらまいて、評定所に圧力をかけてもらうための元手がいるのだ」

眉を曇らせた啓太郎が、

「どうなるんだろう、糸倉屋は」

ため息まじりに独り言ちた。

（心配しているようだ）

思ってもみなかった、啓太郎の様子だった。

表情を見届けようと弥兵衛は、啓太郎に視線を走らせる。

そのとき……。

歩み寄ってくる足音が聞こえた。

振り向くと、半次が間近にいた。

声をかけてくる。

「檜山と一緒に高岡にしたがってきた家来ですが、昨日も糸倉屋にきました」

「昨日もきたのか」

「そうです」

首を傾げた弥兵衛が、半次に告げる。

「高岡たちが出てきたら、わしから頼まれたと言って糸倉屋の主人に会い、昨日きた家来の名と、高岡家における立場を訊いてきてくれ。わしと啓太郎は高岡たちをつけていかねばならぬ」

「わかりやした」

半次が応じた。

「それと」

「何ですか」

問い返した半次に弥兵衛が言った。

「高岡たちの動きが派手になってきた。五郎蔵に、わしのところに泊まり込んで探索したいのですが、と申し入れて、許しをもらってくれ。できれば今夜から泊まり込んでほしい」

「話したら、五郎蔵お頭は必ず許してくれます。今夜、離れに向かいます」

「そうしてくれるとありがたい。朝早くから、高岡の屋敷を張り込まなければならない。つなぎをとりにくくなるから、どうしようか、と考えていたのだ」

いったんことばをきって、弥兵衛がつづけた。

「高岡たちが出てくるまで、身を潜める。いままで半次が張り込んでいたところはどこだ」

「こっちです」

背中を向けて、半次が歩き出した。弥兵衛たちがついていく。

暮六つ（午後六時）過ぎに、高岡たちが糸倉屋から出てきた。

弥兵衛と啓太郎がつけていく。

しばし見送っていた半次が、糸倉屋へ向かって足を踏み出した。

高岡たちが、表門の潜り口から屋敷に入っていく。

見届けた弥兵衛が啓太郎に声をかけた。

「引き上げよう。ただし、すんなりとは帰れないようだ」

「四方から殺気を感じます」

啓太郎が応じた。

「わしもだ。高岡たちが暮六つ過ぎまで糸倉屋で粘っていたのは、わしたちがつけてくるのを見越して、やったことかもしれぬな」

「糸倉屋に出かけたのは、親爺さんとおれを暗くなるまで引っ張り回すため、ということですか」

訊いてきた啓太郎に弥兵衛がこたえた。

「糸倉屋に早く金を用立てろ、と催促すると同時に、目安状を書いた張本人を始末する、という一石二鳥の策をたてたのだろう。いずれわしにも、目安方の役人から呼び出しがかかる。まさに死人に口なし、その前に口封じしておこうというわけだ」

「昨日の評定所での取調は、高岡を追い込んだ。そういうことですか」

「たぶん、そうだろう。帰ろう」

「修羅場(しゅらば)へ向かう道中か。すすむしかないですね」

片頬に、啓太郎が笑みをにじませた。

太田姫稲荷近くの土手沿いの道で、それは起こった。

道行く弥兵衛たちを前後から挟み込むように、抜き身を手にした浪人たちが武家屋敷の塀の陰から躍(おど)り出た。

懐(ふところ)に入れていた匕首(あいくち)を啓太郎が引き抜き、弥兵衛は仕込み杖を腰だめにして、たがいに背中合わせになり身構える。

左右から斬りかかってきたふたりの間に跳び込みながら、弥兵衛は居合抜きで左手の浪人の脇腹を斬り裂き、躰を回転させて右手の浪人に横薙ぎの一太刀を叩きつけた。

腋の下を断ち切られた右手の浪人が、大刀を取り落とし頽れた。

脇腹を割られた浪人も、躰を丸めるようにして前のめりに倒れる。

左手で握った匕首を振り回しながら、浪人が落とした大刀を拾おうとした啓太郎に、浪人が斬りかかる。

危うく身を躱した啓太郎の袖口が斬り裂かれた。

よろけた啓太郎に止めをさそうと突きかかった浪人が、突然、がくりと膝をつく。

大刀が、浪人の手からずり落ちて地に落ちた。

瞠目した啓太郎の目に、背後から浪人の肩に仕込み杖を食い込ませた弥兵衛の姿が映る。

「大刀を拾え、早く」

膝をついた浪人の前に躍り込んだ啓太郎が、片膝をついて大刀を摑む。

振り向きざまに、横に振った大刀が、背後から大刀を振りかぶって斬りかかってきた浪人の、両の太股を深々と断ち切った。

もんどり打って、浪人が倒れ込む。

左手に匕首、右手に大刀を持った啓太郎が立ち上がり構えた。

「背中を合わせろ」

声をかけた弥兵衛に、浪人たちに警戒の目を注ぎながら、啓太郎が近寄る。

瞬く間に、四人を斬り伏せられた浪人たちは警戒したのか、斬りかかってこない。

「わしらは背中合わせで戦う。かかってこい」

声高に弥兵衛が告げ、啓太郎に小声で話しかけた。

「大声で怒鳴れ。近くの屋敷から人が出てくるかもしれぬ」

無言でうなずいて、啓太郎が吠える。

「闇討ちを仕掛けられた。声が聞こえたら、出てきてくれ。助っ人してくれ。頼む」

「卑怯者め。売られた喧嘩。後へは引かぬぞ」

弥兵衛もよばわる。

突然わめきだした弥兵衛たちに、浪人たちが思わず顔を見合わせる。

体勢不利と判じたか、頭格らしい浪人が怒鳴った。

「引け。人目につくと何かと面倒。引くのだ」

その下知に、浪人たちが一斉に逃げ出した。

みるみるうちに遠ざかっていく。

転がっている四人の骸だけが、その場に残されていた。

仕込み杖に刃を納めて、弥兵衛が告げた。

「早くこの場を立ち去ろう。新手を加え、体勢を立て直して、浪人たちがもどってくるかもしれぬ」

「そうですね」

大刀を投げ捨てた啓太郎が、懐に入れてあった鞘を取り出し、匕首を入れる。

「行くぞ」

声をかけ、弥兵衛が歩き出す。

匕首を懐に突っ込みながら、啓太郎がしたがった。

歩き去るふたりを、近くの武家屋敷の塀に身を寄せて、ふたりの武士が凝視している。

檜山と室田だった。

「目安状には、目安箱に投げ入れた者の名が記されている。北町奉行所前にある腰掛茶屋の主人弥兵衛、とな。弥兵衛を調べてみると、いまは隠居して茶屋の主人におさまっているが、もとは北町奉行所例繰方の与力松浦弥兵衛だとわかった、と目安方の役人が殿に教えてくれたそうだ。殿は、例繰方なら武術の腕はたいしたことはないだろう、と仰有っていた。しかし、強い。室田さん、弥兵衛を始末するのは、なかなか難儀ですね」

話しかけた檜山に、

「此度の襲撃に、指南代たちを差し向けなかったのは間違いだった。次は、腕のたつ門弟たちや浪人たちを集めて襲撃させよう。つづけざまに三度も目安状を投げ込んだ奴だ。口を封じるには命を絶つしかない。次は確実に仕留める策を講じよう」

応じた室田が、殺気をみなぎらせて、弥兵衛たちを見据えた。

二

弥兵衛たちが斬り合っていた頃……。

定火消屋敷の一間で、人足頭の五郎蔵と半次が向かい合っている。

いま探索している高岡玄蕃にかかわる事件について、半次はわかっているかぎりのことを話した。

聞き終えて、五郎蔵がこたえた。

「わかった。今夜から、松浦の旦那の屋敷に泊まり込んでいいよ」

安堵（あんど）したのか、半次が笑みを浮かべた。

「よかった。実は、親爺さんに、お頭は必ず許してくれる。今夜のうちに行きます、と言ってしまったんで。もし、駄目だ、と言われたらどうしようと、さっきからびくびくしていたんでさ」

苦笑いして、五郎蔵が告げた。

「しようがねえ奴だな。万が一火事が起きたら、たとえ身内が死にそうなときでも、火事場へ駆けつけなきゃいけねえ躰だぞ。先のことについて、軽々しく約束するんじゃねえ」

躰を縮めた半次が、上目遣いに五郎蔵を見てこたえた。

「すみません。これから気をつけます」

「今日のところは、いいってことよ。ところで旦那に伝えてほしいことがあるんだ」

「何ですか」

訊いてきた半次に五郎蔵が告げた。

「いつでも声をかけてください。火事が起きないかぎり、万難排して役に立ちます、となＩ

「必ず伝えます」

真剣な顔つきで、半次が応じた。

離れの勝手口の戸を開けて、弥兵衛が、つづいて啓太郎が足を踏み入れた。

土間からつづく、板敷の上がり端に腰をかけていたお松とお加代が、ほとんど同時に立ち上がった。

気づいた弥兵衛が、問いかける。

「ふたりそろって待っているなんて、何かあったのか」

こたえたのはお松だった。

「若さまからの伝言があります。晩飯をすませたら、母屋へきてもらいたい、と仰有っていました」

「わかった」

応じた弥兵衛にお松が告げた。

「ご飯の支度はできています。根深汁を温めますので。板敷で待っていてください。

お加代ちゃん、頼むよ」

「すぐやります」

七輪へ向かった。


板敷の一隅で、弥兵衛と啓太郎が菜を持った皿や飯椀、茶碗などを載せた高足膳の前に座り、晩飯を食べている。

飯櫃（めしびつ）のそばに座っていたお加代が、飯椀を持ち上げた弥兵衛の袖を見やって、声を上げた。

「旦那さま、袖に血がついています。襲われたのですね」

動きを止めた弥兵衛が、渋面をつくって応じた。

「気づかれたか」

根深汁を入れた鍋のそばに控えていたお松が、

「見せてください。怪我してないですか」

腰を浮かせたお松に、あわてて弥兵衛が告げた。

「無傷だ。返り血を浴びた」

突然、高足膳に飯椀を落としたような音がした。

向けたお加代の目が、あわてて袖を押さえる啓太郎を捉えていた。

「啓太郎さん、何してるの」

言うなり立ち上がって、啓太郎のそばに近寄った。

あらためようと手をのばす。

身を躱そうとした啓太郎の、袖を押さえていた手がずれた。

斬り裂かれた袖口が垂れ下がる。

「袖を斬られたの。怪我は」

ばつが悪そうに啓太郎がこたえた。

「怪我なんかしてないよ」

「危なかったね、啓太郎さん」

心配そうに見つめて、お松が声をかける。

弥兵衛が口をはさんだ。

「お加代、閑(ひま)があったら、啓太郎の袖を繕(つくろ)ってやってくれ」

「あたしが、ですか」

困ったように眉をひそめたお加代に、すかさず啓太郎が声を上げる。

「幼い頃から、時々おっ母さんを手伝っていたんで、針仕事には慣れています。自分でやります」

わきからお加代が話しかける。

「啓太郎さん、針仕事ができるの。なら、教えて。あたし、不器用でうまくできないの」

からかうように啓太郎が軽口を叩いた。

「吹針が得意なお加代ちゃんが、針仕事が苦手とは。何か、おかしいな」

口を尖(とが)らせて、お加代が睨(にら)みつけた。

「そんなこと言っていいの。これから口をきいてあげないよ」

あわてて啓太郎が、なだめにかかる。

「そんなこと言わないで。針仕事、丁寧に教えるからさあ」

「知らない」

ぷい、とお加代が横を向く。

そんなふたりを見やっていた弥兵衛とお松が、笑みを覗(のぞ)かせ顔を見合わせた。

三

母屋の、千春に案内された一間で、紀一郎と向かい合って座る武士を見て、弥兵衛は驚いて目を見張った。

武士は、隠密廻り同心津村礼二郎だった。

上座を譲るべく、膝行して斜め脇に控えた紀一郎に、弥兵衛が声をかけた。

「津村がきているということは、何かわかったのだな」

無言でうなずいた紀一郎が、顔を津村に向けた。

「さきほど報告してくれた、今日調べてきたことを、今一度話してくれ」

無言でうなずいた津村が、上座に控えた弥兵衛に向き直って話し出した。

「牛込中ノ橋近くにある、旗本坂本桔平様の屋敷の近辺を歩き回り、最寄りの辻番所に立ち寄りました。番人に聞き込みをかけたところ、坂本様は『高岡様の行状を記した目安状が、目安箱に投げ込まれた。そこに書かれていた、坂本様にかかわる事柄が事実かどうか訊きたい、と目安方の役人から呼び出しがかかり、一昨日、評定所へ出向いた。高岡様が処断されたら、裏工作して金をばらまき、役職を金で買う不埒者はいなくなるだろう。実によいことだ』と上機嫌で隣近所の旗本仲間に言いふらしているそうです」

「そうか。すでに坂本様は評定所に呼ばれていたのか。実は、昨日、高岡も評定所へ呼ばれている」

不意に、紀一郎が声を上げた。

「父上、袖に血がついています。返り血ですか。襲われたのですね」

顔を紀一郎に向けて、弥兵衛がこたえた。

「そうだ。浪人が十人ほど闇討ちを仕掛けてきた」

厳しい顔で紀一郎が訊いた。

「相手は浪人だけですね。高岡玄蕃の家来はいなかったのですね」

「高岡の家来すべてを見知っているわけではない。いたかもしれぬが、よくわからぬ」

「浪人なら手の打ちようがあります。旗本は支配違いですが、浪人は町奉行所で捕らえ、裁きにかけることができます」

「そのこと、承知している。襲ってきた浪人たちは、おそらく室田道場の連中だろう。わしらの腕前がどの程度か見極めるために、そこそこの腕前の連中を差し向けたのではないか。そんな気がする。次は、もう少し手強い輩が襲ってくるだろう」

「その前に室田道場に踏み込みます。叩けば必ず埃の出る奴ら、調べればすぐに悪行の数々がつかめます。津村、どう思う」

問いかけた紀一郎に津村が応じた。

「今日、坂本様の屋敷から湯島天神近くの室田道場へ足を伸ばし、近くの自身番で聞き込みをかけました。室田道場は土地のやくざ一家の用心棒を引き受けたり、高利貸しの取り立てを手伝ったりしているそうです。主の室田典膳も門弟たちも、破落戸同然の連中だと番太が言っていました。もう少し調べれば、室田たちの悪行を証言してくれる者もみつかります」

さすがに隠密廻りの同心、見事な探索ぶりだった。

弥兵衛が応じた。

「調べはすすめてくれ。ただし、捕縛するのは、もう少し待ってもらいたい。此度の一件の目的は、高岡玄蕃が町人たちに、二度と悪さを仕掛けないようにすることだ。いまは、まだ高岡を完全に追い込むところまでいっていない。もう少し時がかかる。室田道場の連中は、それまで泳がしておいてくれ」

「それは、しかし」

と言いかけて、紀一郎が黙り込んだ。

視線を津村に走らせる。

困惑したように、津村が目を伏せた。

首をひねって、紀一郎が弥兵衛に目を向けた。

「わかりました。もう少し待ちましょう。ただし、室田道場のことは、さらに津村に調べさせます」

「そうしてくれ。ただし、津村には、明日はわしのために働いてもらいたい」

応じた弥兵衛に、紀一郎が問いかけた。

「それは、なにゆえ」

「わしは、明日坂本様を訪ね、どんなことがあったか話を聞いてくる。目安状には、茶屋の主人弥兵衛、と名前を記しておいた。目安状を書いた張本人だと名乗って訪ねたら、会ってくれるだろう」

横から津村が声を上げた。

「間違いなく会うでしょう。何しろ憎き高岡玄蕃を追い込んでくれた相手ですから」

顔を向けて、弥兵衛が告げた。

「津村には、陰ながら啓太郎を警護してほしいのだ。啓太郎には、明日も高岡の屋敷を張り込ませる。長脇差を持たせるつもりだが、ひとりでは危ない。頼まれてくれるか」

「啓太郎は見知っております。警護しましょう。啓太郎はいつごろ屋敷を出かけますか」

訊いてきた津村に弥兵衛が応じた。

「暁七つ半前後だ」

「なら、暁七つ前に屋敷近くで、啓太郎が出てくるのを待ちましょう」

「頼む。用がすんだら、わしは高岡の屋敷へ行く。わしが着いたら、交代しよう」

「承知しました」

向き直って、弥兵衛が紀一郎に訊いた。

「多少疲れている。引き上げたいのだが」

「斬り合った後です。さぞお疲れでしょう。帰ってください」

振り向いて、紀一郎が津村に告げた。

「今後の段取りをもう少し打ち合わせたい」

「承知しました」

応じた津村を見届けて、弥兵衛が紀一郎に、

「帰るぞ」

と声をかけ、立ち上がった。


離れの裏口の戸を開けてなかに入った弥兵衛は、板敷の上がり端に座って待っている半次に気がついた。

半次も気づいたのか、弥兵衛に声をかけてきた。

「檜山と一緒にやってきた高岡の家来の名を、糸倉屋さんから聞いてきました。用人の浅井陣内（あさいじんない）だそうです」

「二日つづけて用人がやってきたのか。どうやら高岡は、金づくりを急いでいるようだな」

応じた弥兵衛に、半次が告げる。

「お頭からの伝言があります。『いつでも声をかけてください。火事が起きないかぎり、万難排して役に立ちます』と言っていました」

「ありがたいことだ。そのときがきたら、半次に五郎蔵のところへ一っ走りしてもらう」

「わかりました。稼業柄、走るのは得意です」

笑みをたたえて、半次がこたえた。

四

翌日、訪ねてきた弥兵衛を、坂本は快く迎え入れた。

接客の間に招じ入れ、弥兵衛と向かい合って座るなり、笑みを浮かべて坂本が言った。

「よく目安状を書いてくれた。先日、目安方の役人がやってきて、高岡様の行状について書かれた目安状が、目安箱に投げ込まれた。坂本様と高岡様の諍いの顛末も記されている。そのことについて、話を訊きたい、と言ってくれたときは、これで溜飲が下げられる、と胸中で快哉を叫んだものだった。その日、目安方の役人は、一刻ほど話をして引き上げていった。弥兵衛、おまえのおかげだ。よくやってくれた」

満面を笑み崩して、坂本がことばを重ねた。

「評定所へ呼び出された日、帰り際にその役人がさりげなく教えてくれた。今日から半月後には、もう一度評定所へきてもらうことになるだろう。そのときは、高岡様と対決してもらう。その日は、今日と同じ話をしてくれ。食い違った話をしたら、高岡様は処断されずに、無罪放免になってしまう。寺社、勘定、南北両町奉行の本音は、事をうやむやにすませたいのだ。天下の御政道を推進するための幕府の役職が、裏金による工作で決められていたことを、表沙汰にしたくないからだ。が、私は違う。高岡には、それなりの処断を下したいのだ、とも言っていた」

弥兵衛が問いかけた。

「念を押すようで、申し訳ありませんが、坂本様が高岡様と直接ぶつかりあう場を設けると、目安方の役人は言ったのですね」

「そうだ。評定所で、とことん高岡をとっちめてやるつもりだ。いままでの鬱憤を晴らすことができる、めったにない機会だ」

呵々、と高笑いをした。

一刻（二時間）余、弥兵衛は、坂本から話を聞いた。

どれほど高岡から嫌がらせをされたか、坂本は、そのときの自分の気持を微に入り細に入り話しつづけた。

同じことを何度も繰り返す。

話してくれたなかみは、高岡から書状を受け取った旗本たちの名が語られたこと以外は、弥兵衛が聞き込んだ話と大差なかった。

（これ以上話しても、新しい事柄は出てこない）

そう判じた弥兵衛は、

「もう少し、お話ししたいのですが、どうしてもやらねばならぬことがありますので、ここらで引き上げさせてもらいます」

と理由をつけ、話を打ち切った。

帰る弥兵衛を見送るために、坂本は式台まで出てきた。

別れ際に、坂本が弥兵衛に告げた。

「弥兵衛、また顔を出してくれ。おまえが目安状を目安箱に投げ込んでくれなかったら、おれは高岡や高岡から役職をあてがってもらった旗本たちから、嫌がらせを受けつづけ、気持が滅入って、屋敷に引きこもって暮らしていただろう。すべて、おまえのおかげだ。またの会う日を、楽しみにしているぞ」

そう言って坂本は、弥兵衛の肩を軽く平手で叩いた。

五

坂本の屋敷を後にした弥兵衛は、急ぎ足で駿河台へ向かった。

高岡の屋敷の正門前に着いた弥兵衛は、立ち止まって周囲を見渡す。

張り込んでいるはずの啓太郎の姿は、どこにも見当たらなかった。

あたりを歩き回ってみる。

（潜んでいれば、啓太郎は必ず声をかけてくる）

そう判じて、とった動きだった。

が、どこからも声はかからなかった。

警護しているはずの、津村の姿も見当たらない。

（高岡が出かけたのだ。行く先は糸倉屋か。あるいは評定所か。はたまた別のところかわからぬ。とりあえず糸倉屋へ行ってみよう）

弥兵衛は、糸倉屋へ向かって足を踏み出した。

糸倉屋の近くにやってきた弥兵衛に、後ろから声がかかった。

振り向くと、町家の陰から津村が出てきた。

手を上げて押し戻す素振りをした、弥兵衛の所作の意味を察したのか、津村が町家の陰へ姿を消した。

弥兵衛が歩み寄る。

町家の外壁に沿って曲がると、津村が立っていた。

話しかけてくる。

「高岡がふたりの武士をしたがえて屋敷から出てきたら、啓太郎がつけていきました」

「それで警護するべく、啓太郎をつけてきたのだな。啓太郎はどこにいる」

問いかけた弥兵衛に、津村がこたえた。

「あそこにいます」

通りをはさんで向かい側にある通り抜けを、津村が指さした。

示した先に、弥兵衛が目を注ぐ。

通り抜けには、啓太郎ひとりしかいなかった。

そこは、いつも半次が身を潜めている通り抜けとは、違う場所だった。

津村が声をかけてきた。

「それより気になるのは、室田道場の門弟と思われる、浪人たちの動きです」

「気になるとは」

　問い返した弥兵衛に、津村がこたえた。

「二十数人で糸倉屋を取り囲んでいます。高岡にしたがってきた武士のひとりが、浪人たちの見張りをするためか、糸倉屋に入らずに、浪人たちの頭と思われる武士と合流しました。ふたりはあそこにいます」

　小さく手を上げて、ふたりの居場所を指し示した。

　弥兵衛が目を向ける。

　糸倉屋の軒下のはずれに、檜山と高岡の屋敷に頻繁に出入りしている室田らしい武士が立っていた。

「この有様では、糸倉屋はもちろんのこと、家族や奉公人たちもなかなか外へ出られぬな」

　つぶやいた弥兵衛に、津村が応じた。

「張り込んでいるのは浪人たちだけではありません。やくざと思われる男が十人ほど、散らばって見張っています。奉公人が出かけるたびに男がひとりつけていって、もどるまでついてまわっています」

「そうか。奉公人たちにしてみれば、生きた心地がしないだろうな」

つぶやいた弥兵衛に津村が訊いた。

「どうしましょうか。松浦様がこられたら、交代して引き上げることになっていますが、ここに残って陰ながら警護しましょうか」

うむ、とうなずいて弥兵衛が告げた。

「そうしてくれ。わしは、これから連中にちょっかいをかけてみる。檜山や浪人たちがどう動くか見ていてくれ」

「承知しました」

応じた津村が、唇を固く結んだ。


通りへ出た弥兵衛は、目立つようにわざと真ん中に出た。

糸倉屋へ向かって悠然と歩いていく。

途中で、弥兵衛に歩み寄ろうと、通り抜けから出てこようとした啓太郎に視線を走らせ、犬猫でも追い払うように手を振った。

弥兵衛の仕草の意味を解したのか、腰に長脇差を帯びた啓太郎が、もといた通り抜けに引っ込んだ。

そんなふたりの様子を見つめていた半次は、あらかじめ弥兵衛の意を察したのか、張り込んでいる通り抜けから出てこようともしなかった。

糸倉屋の軒下に沿って立っている浪人たちを、じろじろ眺めながら弥兵衛が歩いて行く。

あわてて顔を背ける浪人が三人いた。

（おそらく、昨夜襲ってきた浪人の仲間）

そう推測しながら、弥兵衛は歩を運んだ。

歩調を変えることなく、糸倉屋へ入っていった。

六

店に足を踏み入れると、弥兵衛に気づいて番頭が近づいてきた。

「糸倉屋さんに会いたい。急ぎつたえたいことがある」

声をかけた弥兵衛に、番頭がこたえた。

「旦那さまは、来客中でございます」

「客は高岡様だな」

訊いた弥兵衛に番頭が応じた。

「はい。終わるまでお待ちください」

弥兵衛が問いを重ねる。

「接客の間だな」

「ええ、まあ」

曖昧(あいまい)な返答をした番頭を押しのけて、弥兵衛は畳敷に向かった。

「困ります。相手はお旗本。粗相があっては大変なことになります」

追いすがるようにして止める番頭を振り払いながら、弥兵衛が告げる。

「わかっている。粗相はしない。糸倉屋さんをたすけたいのだ」

「お願いします。お止めください」

「くどい」

振り向いた弥兵衛が、番頭を睨みつけた。

眼光が鋭い。

息を呑んだ番頭が、躰を固くして立ち止まる。

「たすけたい、と言っているのがわからないのか」

低いが弥兵衛の声音には、相手を威圧するものが含まれていた。

金縛りにあったかのように、番頭が立ち尽くす。

足音高く、弥兵衛が廊下をすすんでいく。

接客の間の前に立った弥兵衛が、襖(ふすま)越しに声をかける。

「糸倉屋さん、茶屋の主人の弥兵衛です。もう一度、話を聞きたくてまいりました。急ぎの用です」

部屋のなかでは、上座にある高岡と斜め脇に控える浅井が、

「何っ、茶屋の主人の弥兵衛だと」

「殿、目安状を投げ込んだ張本人では」

ほとんど同時に吠え、気色ばんで顔を見合わせた。

焦って栄蔵が声をかける。

「何の用です。いま大事なお客さまがいらしている。後にしてくださいな」

上ずった栄蔵の声だった。

弥兵衛がこたえる。

「私の話を聞きに目安方のお役人がこられました。評定所へ呼び出されるかもしれ

ません。そのことで相談したいことがあってうかがいました。高岡玄蕃様も評定所へ呼び出されたと聞いております」

一部は嘘も方便の、その場しのぎのことばだった。

「高岡さまが評定所に」

思わず驚きの声を上げた栄蔵が、高岡に目を走らせる。

次の瞬間、栄蔵は、思わず首をすくめていた。

険しい目で高岡が見据えている。

わきに置いた大刀を、浅井が手に取った。

柄に手をかける。

「浅井さま、なにゆえ大刀の柄に」

驚きの声を上げた栄蔵を、殺気走った目で見据えて高岡が告げた。

「今日のところは引き上げる。言うことをきかねば、どうなるか。よく考えるのだな」

低いが、凄みのある音骨（おとぼね）だった。

大刀を摑み、裾を蹴立てて高岡が立ち上がる。

浅井もならった。

部屋を出ようと、ふたりが襖に歩み寄る。

襖を開けた。

その瞬間、廊下に立っていた弥兵衛と高岡が鉢合わせする格好になった。

ひっ、と大仰に甲高い声を上げて、弥兵衛が後退る。

高岡が弥兵衛を睨みつけた。

それも一瞬のこと……。

向きを変えた高岡が、浅井をしたがえ、肩を怒らせて立ち去っていく。

さきほどまでの怯えた様子とは裏腹に、背筋をのばし姿勢を正した立ち姿で、弥兵衛が歩き去る高岡たちの後ろ姿を見据えている。

接客の間から、栄蔵が声をかけてきた。

「目安方のお役人が、弥兵衛さんを訪ねてきたのですか」

すぐにはこたえず、弥兵衛はなかへ入り、栄蔵を見つめて告げた。

「口からでまかせのつくり話です」

呆れて、栄蔵が声を高めた。

「そんな、そんなことをよく言えたものですね。なぜ、そんな嘘を」

向き合って座りながら、弥兵衛がこたえた。

「高岡様たちを追い払うためです。高岡様は、一昨日、評定所に呼ばれました。評定所に入っていくところと出てきたところを、私が見届けています。目安状には私の名を書いてあります。いずれ私にも呼び出しがかかるでしょう。げんに坂本桔平様というお旗本の屋敷には、目安方のお役人が訪ねてきて、私が目安状に記したことの裏付けをとっています」

「そうですか。道理で今日の高岡さまの要求は、いつも以上に厳しかった。用人の浅井さまは、大刀の柄に手をかけられました。どうなるか、と思いました」

そのときのことを思い出したのか、栄蔵が怯えたような顔をした。

聞き咎めた弥兵衛が問い返す。

「用人の浅井が、大刀の柄に手をかけた。ほんとうですか」

「ほんとうです。生きた心地がしませんでした」

こたえた栄蔵が、そのときのことを思い出したのか、かすかに身震いした。

弥兵衛が問いを重ねる。

「金は用立てない、と突っぱねられたのですね」

「そうです」

「脅かすようですが、店の周りを多数の浪人とやくざたちが取り囲んでいます。浪人の頭と思われる武士と檜山が、ならんで軒下のはずれに立っていました。その様子から推察して、浪人たちは、おそらく高岡の息のかかった連中でしょう」

急き込むように栄蔵が言った。

「どうしたらいいんですか」

「用心棒を糸倉屋に住み込ませます。部屋を用意してくれますか。できれば二部屋を」

咄嗟に思いついたことばだった。

実現するとは思えないが、万が一、啓太郎が用心棒を引き受けてくれたとしても、栄蔵とぶつかるおそれがある。そんなときの、なだめ役としてお加代も糸倉屋に泊まり込ませようと考えたのだった。

お加代は吹針の名手でもある。盗人を装って、浪人たちが押し込んできたときにも役に立つだろう。

乗り気になって、栄蔵が声を上げた。

「客間があります。二部屋、用意します」

（父子のかかわりを深める、よい折りになるかもしれない）

そう判じて、弥兵衛は告げた。

「店の表で啓太郎も見張っています。啓太郎は、皆伝の腕前。そこらの浪人たちが、束になってかかってきても、後れをとることはありません。啓太郎が引き受けてくれたら送り込みますが、問題はないですね」

心配そうに、栄蔵が言った。

「啓太郎に斬り合いはさせたくありません。ほかに誰かいれば、ありがたいのですが」

「今すぐということになると、心当たりはありません。もっとも、いままでの経緯から推測して、啓太郎は引き受けないかもしれません。そのときは、用心棒捜しに数日かかるでしょう」

北町奉行所隠密廻り同心の津村は、用心棒としては使えなかった。旗本相手の揉め事に町奉行所の同心がかかわっていたことが判明すると、後々面倒なことになるおそれがあった。

息を呑んで、栄蔵が不安げにこたえた。

「そんなに。啓太郎が引き受けてくれたら、厭な思いはさせません。お登喜には言い含めます。子供たち、良助とお幸にも」

言いかけたことばを遮って、弥兵衛が告げた。

「子供さんたちは何も知らないんでしょう。父子の名乗りをしたい、と啓太郎が望むまで、お子さんたちには言わないほうがいいでしょう」

ため息をついて、栄蔵がこたえた。

「そうします」

「今日のところは、これで引き上げます。店のなかにいれば、身の危険はありません。安心です」

笑みをたたえて弥兵衛が、ことばを継いだ。

「評定所が動きだしました。今日、高岡様から嫌がらせを受けている、坂本桔平様というお旗本に会ってきました。半月後に、評定所の調べの場で高岡様と対決することになるだろう、と目安方の役人から告げられたと言っていました」

「半月後には、高岡さまは窮地に追い込まれる。そういうことですか」

「そうです」

喜色をみなぎらせて、栄蔵が声を高めた。

「半月我慢すれば、高岡さまから金の無心の話はなくなる。そう考えてもよいのですね」

「まだはっきりしたことは言えません。ただ高岡様が厳しい立場に追い込まれるのはたしかです」

「もう少しの辛抱ですね。よろしくお願いします」

深々と栄蔵が頭を下げた。

七

高岡と浅井が引き上げても、檜山と浪人たちはそのまま糸倉屋を取り囲んでいた。

糸倉屋から出てきた弥兵衛は、津村が身を潜めているところへ向かった。

町家の陰に、津村はいた。

弥兵衛が声をかける。

「紀一郎に、糸倉屋の周りの見廻りを頻繁にやってくれ、とわしが頼んでいる、とつたえてくれ。大急ぎで手配してくれ、とな」

「承知しました。これから北町奉行所にもどり、直ちに手配します」

応じた津村が弥兵衛に背中を向けた。

早足で遠ざかる津村をしばし見送った弥兵衛は、踵(きびす)を返し糸倉屋へ向かった。

店先の、出入りの邪魔にならないあたりで、弥兵衛は足を止めた。

軒下のはずれに立っている、檜山たちに目を注ぐ。

堂々と姿を晒して見つめる弥兵衛を、檜山たちが睨み返した。

一刻（二時間）ほど過ぎたころ、紀一郎が配下の同心ひとりと寄棒を持った小者数人を引き連れて出役してきた。

わざとらしく、散らばって立っている浪人ややくざたちの前に立ち止まり、じろじろと顔を見たりしながら見廻っていく。

通りをはさんで糸倉屋と向かい合う店の脇に立って、弥兵衛は紀一郎と浪人たちのやりとりを眺めている。

紀一郎たちは糸倉屋の周りを、ゆっくりと見廻って去っていった。

町奉行所の手の者が見廻ったにもかかわらず、檜山や浪人たちは立ち去る気配もみせなかった。

（紀一郎の見廻りも功を奏しなかったか。浪人たちを追い払う手立てを考えねばならぬな）

胸中でつぶやいて、弥兵衛は檜山たちを見つめた。

薄ら笑いを浮かべて、ふたりが弥兵衛を見ている。

目をそらしたら、なめられる。そんな気がして弥兵衛は目を注ぎつづけた。

根負けしたのか、それとも馬鹿馬鹿しくなったのか、檜山たちが先に目をそらした。

弥兵衛も、散らばっている浪人たちに、視線を流す。

小半時（三十分）ほどして、思いもよらぬことが起きた。

再び手勢を引き連れて、紀一郎が見廻ってきたのだ。おそらく、間近の自身番で一休みして、出役してきたのだろう。

さきほどやってきたときと同様に、浪人たちの前で立ち止まり、顔をのぞき込んだりしながら見廻っていく。

立ち去っていく紀一郎たちの様子を窺いながら、檜山と室田とおぼしき武士が何やら話し合っている。

紀一郎たちの姿が消え、ほどなくして暮六つ（午後六時）を告げる時の鐘が鳴り響いた。

檜山と室田らしき男が足を踏み出す。

ふたりの動きが合図がわりだったのか、浪人ややくざたちが引き上げていく。

見届けた弥兵衛は、半次が潜んでいる通り抜けへ向かった。

気づいて半次が出てくる。

そばにきた半次に、弥兵衛が告げた。

「先に帰り、離れにもどる前に、屋敷のまわりを探ってくれ。浪人たちが潜んでいるかもしれぬ。潜んでいたら、わしたちがいつも通っている道筋の待ち伏せしているところの手前の辻の道ばたに、石の重しを載せて、この懐紙を置いてくれ」

懐から懐紙をとりだし、半次に手渡した。

受け取って懐に押し込みながら、半次が言った。

「それじゃ、先に引き上げさせてもらいます」

「待ち伏せしている浪人たちに見つかったら逃げるのだ。いいな」

「啓太郎が腰に長脇差を帯びたのを見たときから、相手は剣の心得のある連中だと推察しておりやす。大勢で襲われたら、度胸剣法のあっしに勝ち目はねえ。たったひとつしかない命、大事にします」

「そのとおりだ。後でな」

「離れで待っておりやす」

そう言って、半次が歩きだした。

引き上げていく半次を見て、啓太郎が張り込んでいた通り抜けから出てきた。

見送る弥兵衛のそばにきて、話しかけた。

「半次を先に帰したということは、親爺さんは、今夜あたり浪人たちがまた襲ってくると見立てているんですね」

「そんなところだ。蕎麦でも食うか」

誘った弥兵衛に、

「いいですね」

笑みをたたえて啓太郎が応じた。

蕎麦屋で、飯台を間に向き合った弥兵衛と啓太郎が、蒸籠蕎麦を食べている。

箸を持った手を止めて、啓太郎が独り言ちた。

「糸倉屋、大丈夫かな」

弥兵衛がこたえた。

「大丈夫ではない。今日、高岡の用人、浅井が大刀の柄に手をかけたそうだ」

「まさか」

驚愕をあらわにした啓太郎に、弥兵衛が告げた

「万が一に備えて、用心棒を手配しなければなるまい」

「心当たりはあるのですか」

「ない」

「ないのか。腕の立つ用心棒が見つかるといいですね」

再び、啓太郎が蕎麦を食べ始めた。

それきりふたりは、ことばを交わさなかった。

黙々と蕎麦を食べつづけた。


屋敷から三筋ほど隔てた辻に、それはあった。

道ばたに石を重しがわりにして、懐紙数枚が置いてある。

「やはり待ち伏せしていたか」

つぶやいた弥兵衛に、啓太郎が訊いてきた。

「やはり、とは」

にやり、として弥兵衛がこたえた。

「半次を先に帰し、屋敷の周りを歩き回って、浪人たちの姿を見かけたら道ばたに石を重しにして懐紙を置いておいてくれ、と頼んでいたのだ」

道ばたに置いてある懐紙に目を向けて、啓太郎が言った。

「長脇差の鯉口（こいぐち）を切っておきます。敵中突破ですね」

どこか楽しげな、啓太郎の口調だった。

「今夜襲ってくる奴らは、この間より手強いぞ。そのつもりでな」

「油断は禁物。できるだけ背中合わせで戦いましょう」

「そうだな」

応じて弥兵衛が仕込み杖を握りなおした。

二つ目の辻にさしかかったとき、弥兵衛が声をかけた。

「くるぞ」

「凄(すさ)まじい殺気を隠そうともしていない。腕に自信がある証(あかし)だ。厄介(やっかい)ですね」

辻を通り抜けたとき、身を伏せていたのか塀の下から湧き出た数人の黒い影が前方を塞(ふさ)いだ。大刀を抜き連れる。

背後の辻の左右からも、それぞれ数人ずつ黒い影が躍り出た。

仕込み杖を小脇に抱えて身構えた弥兵衛と、背中を合わせるようにした啓太郎が長脇差を抜き放つ。

雲間に出た月の淡い光が、浪人たちの姿を浮かび上がらせた。

浪人たちは、盗人かぶりをして顔を隠している。

取り囲んだ浪人たちが、次第に包囲の輪を縮めてきた。

弥兵衛が告げる。

「打って出るぞ」

「合図してください」

応じた啓太郎に、弥兵衛が声をかけた。

「今だ」

浪人たちに向かって一歩踏み込んだ弥兵衛が、小脇に抱えた仕込み杖を抜き放ち、大きく左右に振る。

円陣の一角が崩れた隙間（すきま）に跳び込んだ弥兵衛が、下段から仕込み杖を振り上げて左の浪人の脇腹を斬り裂き、躰を回しながら振り上げた仕込み杖を、右手の浪人の肩口めがけて、袈裟懸け（けさが）に振り下ろす。

大きく呻（うめ）いたふたりが、よろけて崩れ落ちる。

正面の浪人に突きを入れた啓太郎は、半歩横に身を躱した浪人の脇を走り抜けながら、喉を断ち切っていた。

血を吹き散らしながら、浪人が倒れ込む。

長脇差を振り回しながら、啓太郎が弥兵衛に駆け寄り、背中を合わせた。

そのとき……。

「ふたりを大勢で襲うとは卑怯千万。助勢いたす」

わめきながら、抜き身の大刀をふりかざして、浪人が駆け寄ってきた。

月明かりが顔を照らし出す。

津村だった。

「邪魔が入った。引き上げろ」

近くから声が上がった。

その声に、別の男の声がかぶった。

「助っ人するぜ」

匕首を片手に駆け寄ってくる、半次の姿が見えた。

浪人たちは、骸を残したまま走り去っていく。

駆け寄ってきた津村が、逃げ去る浪人たちを一瞥し、弥兵衛に声をかけてきた。

「浪人たちは逃げました。骸の処置もありますので、これにて」

一礼した津村に、弥兵衛が無言でうなずいた。

津村が走り去る。

あくまでも陰ながら警護する役目を貫いている、見事なまでの津村の動きだった。

半次が走り寄ってきた。

「剣戟の音が聞こえたような気がしたので、飛び出してきました。大丈夫ですか」

わきから啓太郎が口をはさむ。

「大丈夫じゃないよ。津村さんが助勢に現れたら、浪人たちは逃げていった。おれはひとり、親爺さんはふたり斬り捨てた」

転がっている三人の骸を見やって、半次が吐き捨てた。

「これで二度目だ。高岡の野郎、無法が過ぎるぜ」

顔を弥兵衛に向けて、思い出したようにことばを継いだ。

「お松さんが、親爺さんと啓太郎に、握り飯を二個と沢庵三切れずつの晩飯を用意してくれました。食べますか」

「もちろん食べるさ。離れへ急ごう」

さっさと歩き出した啓太郎に、顔を見合わせた弥兵衛と半次が数歩遅れて歩を運んだ。

離れに入った三人は、勝手の土間で足を止めた。

半次が口を開く。

「板敷に、晩飯を入れた箱膳がふたつ置いてあります。悪いけど、眠い。部屋へ引き上げさせてもらいます」

そう言って、半次が板敷の上がり端へ向かった。

板敷の一隅で、向かい合って座った弥兵衛と啓太郎が、箱膳を前にして握り飯を頬張っている。

晩飯を食べ終えた後、啓太郎が座り直して告げた。

「親爺さん、糸倉屋さんの用心棒、おれが引き受けるよ」

「そうしてくれるとありがたい。どうやって用心棒を捜そうか、考えていたところだ」

独り言のように啓太郎がつぶやいた。

「変だな。憎んでいたのに、栄蔵は殺されるかもしれない、と思ったら、栄蔵が死んだらおっ母さん、悲しむだろうな。生きていないかもしれない、なんて考えてしまった。おっ母さんには死んでもらいたくない。長生きしてほしい。そのためには、憎いけど、栄蔵には生きていてもらおうと決めた。馬鹿馬鹿しい話だ。おれには何が何だかよくわからない。みょうな気分だ」

わざと素っ気ない口調で、弥兵衛が応じた。

「そうか。すまないが、明日の夜から、糸倉屋に泊まり込んでくれ」

「わかりました」

うつむいたまま、啓太郎がこたえた。

第八章　西の海へさらり

一

翌朝、弥兵衛は茶屋へ出かける支度をととのえた、お松とお加代に声をかけた。

「お松、今夜からお加代を啓太郎とともに、糸倉屋に泊まり込ませる。啓太郎が糸倉屋の主人と揉めたときに仲裁させるためと、いま調べている相手、高岡玄蕃という旗本の手先が、糸倉屋を襲撃してくるおそれがあるからだ」

呆気にとられて、お加代が言った。

「探索を手伝えるのは嬉しいです。でも見世はどうなるんですか。お松さんひとりで切り盛りするのは、とても無理ですよ」

わきからお松も口をはさんだ。

「どうします、旦那さま」

首をひねった弥兵衛が、何か思いついたのか、うむ、と大きくうなずいて、ふたりに告げた。

「お郁に頼んでみる。啓太郎と半次に今日、どう動くか指図してから、お郁のところへ行く。それから北町奉行所へ足をのばす。調べたいことがあるのだ」

お松が応じた。

「お郁さんが引き受けてくれたら、何の問題もありませんが」

心配そうにお加代が言った。

「話がうまくすすむといいですね」

「働いてくれるように、お郁に頼み込むよ」

(お郁が引き受けてくれるかどうか、わからない。断られたら、どうしよう)

不安にかられて渋面をつくった弥兵衛に、お松が念を押した。

「お郁さんが引き受けてくれなかったら、茶屋を休むか、お加代ちゃんにこのまま働いてもらうか、どちらにするか、旦那さまに決めてもらいます」

「それは、しかし」

次のことばを呑み込んで、思わず弥兵衛がため息をついた。

明六つ（午前六時）には北町奉行所の表門が開けられる。お松たちは暁七つ（午前四時）ごろには離れを出て、遅くとも明六つ半（午前七時）には茶屋を開け、客を入れる。

出かけたお松たちと入れ替わりに、啓太郎と半次が起き出してきた。

顔を洗い歯を磨いた後、勝手の板敷にお松たちが用意してくれた朝飯の菜を入れた箱膳の前に座り、弥兵衛とともに朝飯を食べ始める、というのが泊まり込んだときの、ふたりの日々の動きだった。

食べ終えた後、弥兵衛がふたりに声をかけた。

「啓太郎は長脇差を、半次は匕首(あいくち)を身につけて、糸倉屋を張り込んでくれ。昨日わしが聞き込みをかけた坂本桔平という旗本は『半月後には目安状に書かれていたことについて、評定所で高岡玄蕃と対決することになる、と目安方の役人から告げられた』と言っていた。評定所の裁きを逃れるために、高岡が策を弄(ろう)する時は残り少ない。高岡は追いつめられている。何をするかわからぬ」

「わかりました」

と啓太郎がこたえ、半次が、

「そろそろ大詰めですね」

不敵な笑みを浮かべた。

「調べたいことがあるので、わしは北町奉行所へ行く。調べ終えたら、町人の出で立ちに着替えて、糸倉屋へ向かう」

「しっかり張り込みやす」

半次が応じ、啓太郎が訊いてきた。

「親爺さんがきたら、糸倉屋へ行くんですね」

訝しげに、半次が啓太郎に問いかけた。

「糸倉屋へ行く？」

口をはさんで、弥兵衛がこたえた。

「啓太郎は、今夜から用心棒として糸倉屋に泊まり込む。昨夜遅く決めたので、半次に言うのが遅くなった」

「それは大変だ」

つぶやいた半次が、心配そうに啓太郎を見やってことばを継いだ。

「大丈夫か」

「やるしかない。それだけだ」

　啓太郎が応じた。


　ふたりを送り出した後、弥兵衛は北町奉行所へ出仕するときの出で立ちに着替え、腰に大小二刀を差した。

　母屋へ行き、紀一郎を式台まで呼び出す。

「今日は立ち寄りたいところがある。その後、北町奉行所へ向かう。例繰方の書庫で調べたいことがあるのだ。わしが顔を出したら、書庫を使えるように手配してくれ」

「奉行所に着いたら、声をかけてください。与力詰所にいます」

　紀一郎がこたえた。


　与力の出で立ちで訪ねてきた弥兵衛を、お郁は驚きの目で迎えた。

　招じ入れてくれた部屋で、向かい合って座るなり弥兵衛が告げた。

「啓太郎を、用心棒として糸倉屋に泊まり込ませることになった」

　驚愕（きょうがく）をあらわに、お郁が訊いてきた。

「啓太郎はあの人、栄蔵さんを憎んでいます。用心棒を引き受けるなんて、とても信じられません。ほんとうですか」

「啓太郎は一度断った。が、とんでもないことが起きたんで、気持が変わったようだ」

「とんでもないこと？」

訊いてきたお郁に、弥兵衛がこたえた。

「得意先の旗本の要求に、糸倉屋は色よい返事をしなかった。そのことに業を煮やした用人が、大刀を手にしたのだ。糸倉屋は生きた心地がしなかった、と言っていた。わしがその話をつたえたら、啓太郎が用心棒を引き受けると言ってくれた」

「そうですか。あの子が、自分から、用心棒を引き受けると」

つぶやいたお郁が、心配そうにことばを重ねた。

「大丈夫でしょうか。啓太郎が、あの人とぶつかるのではないかと。それだけが心配です」

「お加代も一緒に泊まり込ませる。啓太郎が栄蔵と揉めたときのなだめ役と、探索の相棒。それがお加代の役割だ」

「心遣い、ありがとうございます」

頭を下げたお郁に、弥兵衛が話しかけた。

「実は、頼みがあるのだ」

「何なりと」

こたえたお郁に、弥兵衛が言った。

「お加代が糸倉屋へ泊まり込むので、茶屋の人手が足りなくなった。糸倉屋の揉め事が落着するまで、茶屋を手伝ってもらいたいのだが」

「手伝います。栄蔵さんと啓太郎のこと、よろしくお願いします」

再び、お郁が深々と頭を下げた。

「ありがたい。明日から、手伝ってくれ。お郁さんが快く引き受けてくれたこと、お松とお加代につたえておく」

「いろいろとありがとうございます」

顔を上げて、お郁が礼を言った。

その目が潤(うる)んでいる。

じっと見つめて、弥兵衛が無言でうなずいた。


北町奉行所へ着いた弥兵衛は、与力詰所に顔を出し、紀一郎に声をかけた。

例繰方の書庫まで同行してくれた紀一郎は、

「終わったら、声をかけてください。中山様が父上に伝えたいことがある、と仰有っていました。私も同座します」

「わかった」

「それでは後ほど」

書庫の前の廊下で別れて、紀一郎は与力詰所にもどっていった。

弥兵衛は、無礼打ちされそうになった男が、抗って逆に武士を突き殺したが、諍いを見ていた町人たちの証言で、無罪放免された事例があったことを記憶していた。

（たしか十四年前の事件だった）

記憶を頼りに、弥兵衛は十四年前の捕物帳が保管してある、書棚の前に立った。

書棚に沿って移動しながら、片っ端から捕物帳にあたっていく。

めざす事件を見つけ出すのに、さほどの時はかからなかった。

捕物帳を読みすすむ。

木挽町の森田座で起きた事件だった。

芝居見物にきた大工数人が、混み合った芝居小屋の通路でふざけ合っていた。そのうちのひとりが胸を突かれてよろけ、近くにいた川越藩江戸詰藩士の大刀の鞘にぶつかった。

当然大工は平謝りに謝った。

が、怒った藩士は、

「刀は武士の魂だ。大刀の鞘にぶつかってくるとは無礼千万。許さぬ。無礼打ちにしてやる」

と大刀を抜き、大工を斬り殺そうとした。

周りにいた芝居見物にきた客たちは、近くから逃れ、遠巻きになって成り行きに目を注いだ。

「死ね」

藩士が大刀を振りかぶる。

あわや、というとき、胸を突いた大工が、まさに大刀を振り下ろそうとした武士の後ろから羽交い締めにして、動きを止めた。

「逃げろ。早く」

その声に、無礼打ちにあいそうになった大工は、見物客をかきわけて逃げた。

それを見た大工が、手を離した。

怒り狂った藩士は、

「おのれ、許さぬ。貴様を無礼打ちにしてくれる」

と吠えて、大刀を大上段に振り上げた。

大工は身軽だった。

身を低くして、死に物狂いで藩士にしがみつき、頭を相手の顎にあてて突き上げた。

藩士の腰を締めつづけて躰を押しつける。

のけぞった藩士は、あまりの苦痛に振り上げていた大刀を、後方へ取り落とした。

こらえきれずに後ろ向きに倒れた藩士が、落ちている大刀に手をのばす。

その手を押さえた大工が、藩士の大刀を拾った。

半身を起こして、藩士の胸に大刀を突き立てる。

激しく痙攣して、藩士は息絶えた。

当然のことながら、大工は捕らえられた。

が、騒ぎを見ていた町人たちが、藩士が鞘にぶつかった大工を無礼打ちにしようとして、仲間の大工に止められたこと、ぶつかってきた大工の代わりに無礼打ちされそうになった大工が、身を守るために藩士を突き殺したことなどを証言した。

無礼打ちにしようとした藩士のほうに非がある、と認めた評定所は、北町奉行所に命じて、大工を無罪放免したのだった。

（多くの者が見ているなかで、無礼打ちしようとした武士が、止めようとした町人に殺されたとしても、武士のほうに落ち度があることが証明されれば、町人は咎められない。このこと、啓太郎に伝えておかねばならぬ）

胸中で、弥兵衛はつぶやいていた。

書庫を出た弥兵衛は与力詰所へもどり、紀一郎とともに中山が詰めている年番方与力控之間へ向かった。

紀一郎から声をかけられた中山は立ち上がり、ふたりを別間へ連れて行った。

対座するなり、中山が弥兵衛に告げた。

「昨日、御奉行に呼び出された。御奉行の用件のなかみだが」

茶屋の主人弥兵衛によって三通つづけて投げ入れられた目安状が、目安方によって取り上げられたこと、陰で旗本の口入れ屋と呼ばれている高岡玄蕃が裏工作をして動きまわり、知り合いの旗本を役職につけていること、幕府の重臣の誰が裏金をもらって誰を役につけたか調べていること、評定所のなかでは、幕府の役職が裏金で買われている点が問題になっていることなどを、北町奉行の永田備前守正直が中山に話して聞かせた後、

「茶屋の主人弥兵衛とは、元例繰方与力松浦弥兵衛のことであろう。松浦に、これ以上目安状を目安箱に投げ込まないように、とつたえてくれ」

と、中山に告げたという。

じっと弥兵衛を見つめて、中山がことばを重ねた。

「騒ぎが大きくなり、幕府の役職が金で買われているという噂が巷（ちまた）に広まれば、公儀の威信にかかわる。できれば、内々の処分で終わらせたい、というのが評定所としての落とし所なのだ、と御奉行は仰有るのだ」

そこでことばを切って、中山がさらにつづけた。

「伝えたことは、あくまでも御奉行の話だ。紀一郎から聞いたが、高岡玄蕃の所業は許しがたい。御奉行にはのらりくらりと返答しておく。松浦殿の思うがままに事をすすめられるがよい」

「心遣い痛み入る」

厳しい顔で弥兵衛がこたえた。

二

北町奉行所を出た弥兵衛は、茶屋に立ち寄った。

与力の格好をしているときは、弥兵衛は見世のなかに入らないと決めている。

いつも啓太郎や半次が座る、縁台のそばに立っている弥兵衛に気づいて、丸盆を手にしたお松が近寄ってきた。

弥兵衛に問いかける。

「お郁さん、どうなりました」

「快く引き受けてくれた」

こたえた弥兵衛にお松が言った。

「見世を閉めたらお郁さんを訪ねて、明日からの段取りを話し合ってきます」

「そうしてくれ」

「毎度のことですが、今回も襲われています。気をつけてください」

心配顔のお松に、

「わかっている。引き上げる」

応じて、弥兵衛がお松に背中を向けた。

離れにもどった弥兵衛は、茶屋の主人の出で立ちに着替え、仕込み杖を手にして糸倉屋へ向かった。

糸倉屋に弥兵衛が着いたときは、すでに日輪が西空に傾きかけていた。

立ち止まった弥兵衛は、糸倉屋の周りに視線を走らせる。

相変わらず軒下の外れに檜山と室田、門弟と思われる浪人にやくざたちが糸倉屋を取り囲んでいる。

通りの真ん中に突っ立った弥兵衛を見かけて、啓太郎と半次が歩み寄ってきた。

半次が話しかけてくる。

「今日の昼過ぎに、用人の浅井がやってきて、夕七つ過ぎに出てきました。粘りに粘って、ご苦労なことです」

「そうか」

こたえて、弥兵衛が啓太郎に声をかける。

「糸倉屋に行く。頼むぞ」

「精一杯やります」

強ばった顔つきで、啓太郎が応じた。

弥兵衛と啓太郎が糸倉屋に入っていく。

そんなふたりを檜山と室田が、町家の陰に身を潜めた津村が、凝然と見つめている。

通りに立って見送っていた半次は、弥兵衛たちの姿が糸倉屋のなかへ消えたのを見届け、もといた通り抜けにもどるべく踵を返した。

糸倉屋の一間で、向かい合って弥兵衛と糸倉屋が、弥兵衛の斜め脇に啓太郎が座っている。

親しげな笑みを浮かべて、栄蔵が話しかけた。

「よくきてくれた。啓太郎、ありがとうよ」

視線を合わせぬようにして、啓太郎が応じた。

「親爺さんから指図されたからきたんです。お礼を言われる筋合いはありません。仕立てものの仕事をまわしてくれている、糸倉屋さんに何かあると、おっ母さんが困りますから」

素っ気ない口調で言って、黙り込んだ。

戸惑ったように栄蔵が、ちらり、と弥兵衛に視線を走らせる。

しかと受け止めて、無言で弥兵衛がうなずいた。

気を取り直して、栄蔵が告げた。

「泊まってもらう部屋に案内しましょう」

立ち上がった栄蔵に、弥兵衛と啓太郎がならった。


あてがわれた部屋で食事を終えた啓太郎が、高足膳に箸(はし)を置いた。

給仕のために控えていた下女ふたりが、膳や飯櫃(めしびつ)を抱えて部屋から出て行く。

入れ違いに男と女、ふたりの子供が入ってきた。

啓太郎の前に、姿勢を正して座る。

訝しげに見やって、啓太郎が問いかけた。

「おまえさんたちは？」

緊張した様子で、男の子がこたえた。

「糸倉屋の息子の、良助です」

そばに座っていた女の子がつづいた。

「妹のお幸です」

ふたりとも、真剣な顔をして目を大きく見開き、啓太郎を見つめている。

思わず微笑んだ啓太郎が、

「良助ちゃんにお幸ちゃんか。啓太郎です。よろしく」

小さく頭を下げた。

つられたように、良助とお幸が頭を下げる。

思いつめた顔で、良助が言った。

「啓太郎さんにお願いがあってきました」

「お願い？」

訊き返した啓太郎に、良助が告げた。

「剣術を教えてください。啓太郎さんは無外流皆伝の腕前。すごく強いんでしょう。お願いします」

頭を下げた。

「お願いします」

つづいてお幸も頭を下げる。

必死なふたりの様子に、真顔になって啓太郎が訊いた。

「何のために剣術を習うんだい」

良助が声を高めた。

「お父っつぁんを守りたいんです。剣術を習って強くなれば、お父っつぁんを守ってやることができる」

「あたしもです」

お幸も声を上げる。

厳しい顔をして、啓太郎が告げた。

「駄目だ」

「なぜです？」

悲しげな表情を浮かべて、良助が訊いてきた。

じっとふたりを見つめて、啓太郎が話しかける。

「いま剣術を習っても、すぐには強くなれない。地道に修行して、少しずつ強くなっていく。それしか手立てはないんだ。わかるね」

諭（さと）すような啓太郎の物言いだった。

無言で、良助とお幸がうなずく。

啓太郎がつづけた。

「いま良助ちゃんがやらなければいけないのは、商いの修行だ。お父っつぁんの跡を継いで、糸倉屋を今以上に大きくしなければならない。そう思わないか」

「でも、いまはお父っつぁんを守らないと」

哀願するように啓太郎を見つめて、良助が声を高めた。

見つめ返して、啓太郎が言った。

「お父っつぁんは、おれが守ってみせる。約束する」

目を注いだまま、良助が言った。

「お父っつぁんを頼みます。よろしくお願いします」

深々と頭を下げた。

「よろしくお願いします」

お幸も頭を下げる。

「大丈夫だ。心配しなくていいよ」

優しく啓太郎が声をかけた。

啓太郎にあてがわれた部屋の前の廊下に、人目を忍ぶように控えている女がいた。

良助とお幸を心配して、様子を窺っているお登喜だった。

ふたりと啓太郎のやりとりに耳を傾けていたお登喜が、胸中でつぶやいた。

(啓太郎さん、あなたという人は)

指先でそっと目頭を押さえた。

その頃……。

高岡玄蕃の屋敷の一間で、高岡と向かい合って室田、檜山、浅井が座り、合議をしていた。

一膝すすめて浅井が声を上げる。

「一日も早く糸倉屋から金を引き出さねば。目安方の動きを封じるために、裏工作をしなければなりませぬ。そのために残された時は、十日もありません」

室田が口をはさんだ。

「この際、多少の荒事は仕方がないかと」

「荒事か」

独り言ちて、高岡が首を傾げた。

沈黙が流れる。

ややあって、高岡が檜山に訊いた。

「丁稚はいつ水をまきに出てくる」

「店を開けたときと、昼過ぎにまいています」

こたえた檜山に高岡が言った。

「昼過ぎがいいな」

「昼過ぎ?」

鸚鵡返しをした檜山に高岡が告げる。

「檜山、おまえが仕掛けるのだ。水をまいている丁稚の前を、水をかけられるように通り過ぎる。水がかかった、と騒ぎ、武士に向かって何たる粗相。無礼打ちにしてやる。そこになおれ、とわめいて大刀を抜く。店から番頭や手代たちが出てきて、なだめにかかるはずだ。そこでおまえは、主人を呼べ、と怒鳴る。出てきた糸倉屋に、丁稚を無礼打ちにする、とさらに騒ぎ立てる」

応じて檜山が、

「糸倉屋の気性から推測して、無礼打ちだけは勘弁してください。どうすればよろしいのですか、と訊いてくるはず。どうこたえればよろしいのですか」

「用立ててくれと申し入れた金に、堪忍賃を上乗せして即刻払え、と迫るのだ」

感心したように室田が声を上げた。

「さすが御前、策士の面目躍如ですな。よい策を思いつかれた。その手でいきましょう」

ずるさを剝き出した、酷薄な笑みを浮かべて高岡が告げた。

「段取りを決めよう」

一同が無言でうなずいた。

三

店開きしたばかりの糸倉屋の前で、まだ幼さの残る、十歳前後と思われる丁稚が水をまいている。

着替えなど、身のまわりの品をくるんだ風呂敷包みを抱えたお加代をしたがえた弥兵衛が、片手に仕込み杖を持ち、もう一方の手に啓太郎が離れに持ってきた風呂敷包みを下げ、丁稚の邪魔にならないように回り込んで、糸倉屋へ入っていった。

すでに糸倉屋のはずれに立っている檜山と室田、囲む浪人やくざたちが、弥兵衛とお加代を厳しい目で見据えている。

主人控之間で弥兵衛が、傍(かたわ)らに控えるお加代を栄蔵に引き合わせていた。

「加代です」

頭を下げたお加代に、笑みをたたえて栄蔵が応じた。

「糸倉屋栄蔵です。よろしくお願いします」

顔を上げたお加代が、しげしげと栄蔵を見つめて、思わずつぶやいた。

「似ている」

「似ている？　誰に」

問い返した栄蔵に、お加代が、あわててこたえた。

「微笑まれたときの面差(おもざ)しが、あたしの知っている人に、よく似ていたんです。勘違いです。赤の他人なのに、何でそう思ったんだろう」

戸惑った様子で、お加代が首をすくめた。

そんなお加代に視線を注ぎながら、胸中で弥兵衛はつぶやいていた。

（いままで気づかなかったが、そう言われてみれば、啓太郎と栄蔵の眼差しは、よく似ている）

視線を移して、しげしげと栄蔵を見つめた。

用意してくれた部屋にお加代を案内してくれた栄蔵と別れて、弥兵衛は啓太郎の部屋へ向かった。

啓太郎にあてがわれた一間に入るなり、弥兵衛が告げた。

「昨日、北町奉行所例繰方の書庫にこもって、無礼打ちにあいそうになった町人が、抗って武士を殺したにもかかわらず、無罪放免された事例を見つけ出した」

向かい合って座った弥兵衛に、啓太郎が訊いてきた。

「武士を斬り殺しても、罪に問われない。どうすれば、そういうことになるんですか」

「人目があるところで、武士に先に大刀を抜かせる。斬りかかられたところで、やむを得ず刀を抜き、斬り倒す。見ていた者たちから『自分の身を守るために仕方なくやったこと』だと、認められるような戦い方をする。それが無罪放免になる手立てだ」

「人目のあるところで、先に相手が刀を抜くように仕向けて、身を守るために仕方なく刀を抜いたかのように振る舞う。そういうことですね」

念を押した啓太郎に、

「そうだ」

こたえて、弥兵衛がことばを重ねた。

「相変わらず浪人ややくざたちが糸倉屋を囲んでいる。お加代に、啓太郎の着替えをくるんだ風呂敷包みを預けてある。受け取りに行って、今後の段取りを話し合ってくれ」

「わかりました。お加代ちゃんの部屋はどこです」

「向かい側の部屋だ。これからわしは表へ出て、半次とともに浪人たちを見張る。津村も近くで張り込んでいるはずだ。警戒を怠るな」

「わかりました」

応じた啓太郎に、

「引き上げるときに顔を出す」

そう告げて、弥兵衛が立ち上がった。


昼過ぎに、騒ぎが起きた。

水をまいていた丁稚の前を通り過ぎた檜山が、いきなり、

「武士の刀に水をかけたな。無礼者。無礼打ちにしてくれる」

吠えるや、丁稚に躍りかかり、襟を掴んで押さえ込んだのだ。

「勘弁して。許してください。許して」

泣きわめく丁稚の声に、糸倉屋から番頭や手代たちが飛び出してきた。

「わざとやったわけではありません。お許しください」

おろおろと声をかける番頭に、檜山が怒鳴った。

「主人を呼んでこい。番頭風情では話にならん」

わめいた檜山が、両手で掴んでいた丁稚の襟首から右手を離し、大刀の柄に手をかけた。

その動きに番頭が震え上がった。

「呼んでまいります。主人をすぐに、呼んできます」

脱兎のごとく、店のなかへ走り込んでいった。

通り抜けから跳びだそうとした半次に、弥兵衛が声をかけた。

「出るな」

振り返って、半次が訊いてきた。

「何で止めるんです。檜山はやる気ですぜ。丁稚が殺される」

「なかに啓太郎がいる。啓太郎が出てくるまで待て。檜山の目的は、糸倉屋から金を引き出すことだ。そのための駆け引きだ」

「そうでしょうか。襟首を摑まれ持ち上げられ、つま先だって泣いている。可哀想だ。あっしひとりでも行きますぜ」

厳しく弥兵衛が告げた。

「見ろ。室田が檜山に代わって、丁稚の襟首を摑んだ。浪人たちとやくざたちも、檜山と丁稚のところに集まってきている。あいつらを、ひとりで相手にするつもりか」

「何て奴らだ。逃げられないように店の表を半円状に囲んでいる。あらかじめ仕組んでいたのかもしれねえ」

声を上げた半次に、

「糸倉屋が出てきた。始まるぞ。修羅場(しゅらば)に飛び込む覚悟を決めておけ」

「わかりやした。親爺さんのいうとおりにします」

応じた半次が、懐(ふところ)に入れてある匕首を握りしめた。

遠巻きにした野次馬たちが見つめるなか、丁稚に抜き身の大刀を突きつけた檜山に、栄蔵が土下座して哀願している。

「檜山さん、丁稚を、音松（おとまつ）を許してください。このとおりです」

室田が取り押さえている音松に向けていた大刀を、深々と頭を下げた栄蔵に突きつける。

「糸倉屋、いままでの殿にたいする無礼な態度、許しがたい。丁稚の代わりにおまえを無礼打ちにしてやる。覚悟しろ」

大刀を振り上げる。

「檜山さま、何をなさいます。無体な」

恐怖に怯（おび）えた栄蔵が、声を高める。

半身を起こした栄蔵が、逃れようと膝で後退（あとじさ）る。

「逃がさぬ」

一歩迫った瞬間、店のなかから躍り出た人影が、振り上げていた檜山の大刀を、鞘で下から叩き上げる。

のけぞり、よろけた檜山が踏みとどまり、前方を見据えた。

背後に栄蔵をかばい、長脇差を鞘に入れたまま下段に構えて、啓太郎が立っている。

殺気走った目で、檜山が睨（にら）みつけた。

「町人の分際で逆らう気か。許さぬ」

大刀を振りかぶったとき、背後で、うっ、と呻き声が聞こえた。

振り向いた檜山の目に、丁稚を捕まえていた手を離し、蹈鞴（たたら）を踏む室田の姿が映った。

室田の左頬に、針が突き立っている。

「音松ちゃん、こっちにきて」

女の声がかかった。

声のしたほうに音松が走る。

吹針の筒を口に当てたお加代が、表戸の後ろから現れ、音松に歩み寄った。

跳び込むようにして、お加代の背後に音松が隠れる。

「店に入って」

お加代の声に、うなずいた音松が店のなかへ走り込む。

大刀を正眼に構えて、檜山が吠えた。

「おのれ、許さぬ」

見据えて、啓太郎が応じた。

「一つしかない命。むざむざ斬られるわけにはいきません。お相手します」

長脇差を抜き、背後の栄蔵に声をかける。

「店に早く入って。ここにいたら怪我をする。早く」

「啓太郎。すまない」

声をかけ、栄蔵が店へ逃げ込む。

浪人やくざたちが、啓太郎に駆け寄った。

先頭の浪人が啓太郎に斬りかかる。

身を躱（かわ）した啓太郎が、脇差を横に振る。

脇腹を斬り裂かれて、浪人が頽（くずお）れた。

再び下段に構えなおした啓太郎の目が、つづけてふたりの浪人が倒れ込む姿を捉えた。

左右に倒れた浪人の間から、抜き身の仕込み杖を構えた弥兵衛と、匕首を腰だめにした半次が躍り出てくる。

一瞬、弥兵衛たちに気をとられた啓太郎に、檜山が斬りかかった。

振り向いた啓太郎が、長脇差で檜山の袈裟懸（けさが）けの一撃を受け止める。

鍔迫り合いとなった啓太郎と檜山が、肘を相手の躰に押しつけ、睨み合った。力比べで、押し合う。

左頰を押さえた室田が、啓太郎の背後に迫った。

「親爺さん、啓太郎が危ない」

匕首を振り回しながら、半次が怒鳴る。

仕込み杖を左右に振って、浪人ふたりを斬り伏せながら弥兵衛が呻く。

「しまった。間に合わぬ」

すすもうとする弥兵衛の前に、数人の浪人が立ち塞がる。

その背後から、斬り込んできた者がいた。

津村だった。

ひとり斬り倒した津村が、そばのひとりに斬りかかる。

「どけ。どかぬと斬る」

声を荒らげた弥兵衛が、姿勢を低くして残る浪人たちへ向かって躍り込んだ。

背後に迫った室田が、啓太郎に上段から唐竹割りの一撃を加えようとする。

そのとき、飛来する何かが空気を切り裂く音がした。

かすかなものだったが、室田の耳はしかとその音を聞き取っていた。

手を上げて、袂で顔をかばった室田の袖に針が突き立つ。

背後の気配に気づいて、啓太郎は焦りに焦った。

次の瞬間、啓太郎を驚愕が襲った。

たがいに死力を振り絞って、鍔迫り合いしていた檜山の力が突然抜けて、その場に膝をつき崩れ落ちた。

その後ろに、峰に返した仕込み杖を手にした弥兵衛が立っている。

声高に弥兵衛が告げた。

「檜山を人質にとる。しばらく正気づくまい。まずは浪人たちを斬り捨てよう」

うなずいた啓太郎が、迫り来る浪人たちに斬りかかる。

匕首片手に、半次もやくざたちと戦っている。

ふたりに気をとられた弥兵衛に、室田が上段から斬りかかる。

が、飛来音に室田の動きが止まる。

避けきれずに、室田の眉間に針が突き立つ。

よろけた室田の脇腹を、身を低くした弥兵衛が下段から振り上げた仕込み杖で斬り裂いていた。

脇腹から腋の下へと断ち切られ、大きくのけぞった室田が、横倒しに倒れる。

室田が倒れたのを見計らったかのように、呼子（よぶこ）が鳴り響く。

「役人だ」

「面倒だ。逃げろ」

年かさの浪人が怒鳴った。

その声に、残った浪人ややくざたちが一斉に逃げ出す。

弥兵衛が、ぐるりを見渡した。

啓太郎と半次、お加代の姿は見えたが。津村は見当たらない。

さらに見回すと、呼子を口にあてた津村が、町家の陰から出てきた。

去れ、と言わんばかりに、弥兵衛が津村へ向かって、仕込み杖を振る。

その所作の意味を察した津村は、弥兵衛へ向かって一礼し、呼子を吹きながら立ち去って行く。

気絶して横たわる檜山のそばに、弥兵衛が歩を運ぶ。

集まってきた啓太郎と半次、お加代に、弥兵衛が声高に告げた。

「使い道がある。檜山を縛り上げろ。こ奴を種に一勝負する」

「わかりました」

と半次がこたえ、

「糸倉屋から縄を借りてきます」

と、お加代が店へ駆けもどっていった。

「気がつくといけない。もう一回、当て身をくわせておきましょう」

片膝をついた啓太郎が、檜山に痛烈な当て身をくらわせた。

四

主人控之間で、啓太郎と栄蔵が向かい合っている。

じっと啓太郎を見つめて、栄蔵が告げた。

「父子の名乗りがしたい。そうさせてくれ」

見つめ返して、啓太郎がきっぱりと言い切った。

「断ります」

一瞬、栄蔵が哀しげに顔を歪(ゆが)めた。

喘(あえ)ぐように訊く。

「なぜだ。なぜ駄目なのだ」

栄蔵に目を注いだいだまま、啓太郎がこたえた。

「糸倉屋には良助ちゃんという立派な跡取りがいます。お幸ちゃんという、かわいい妹もいます。ふたりとも、親思いのいい子です。ふたりは、おれの生い立ちを知らない。知る必要もないことです」

座り直し、姿勢を正して啓太郎がことばを重ねた。

「みょうな波風は立てたくないのです。おれは、いまのままでいい。いまのままが一番いい」

一瞬、栄蔵が名状し難い表情を浮かべた。

「啓太郎、おまえ、そんな気遣いを。すまない」

つぶやいて、栄蔵が涙ぐんだ。

啓太郎は、無言で空に視線を泳がせている。

糸倉屋の裏庭にある物置小屋の柱に、猿轡(さるぐつわ)をかまされた檜山が縛りつけられている。

その前に、弥兵衛と半次が立っていた。

今しがた弥兵衛は半次に、

「高岡玄蕃に『檜山を返してほしければ、わしとの真剣での野試合に応じろ。応じなければ、目安状に記した高岡の悪行を木札に書き写し、檜山の首に下げて、目安箱の前にさらす』と記した果たし状を突きつける」

と告げたところだった。

考えてもいなかった弥兵衛の話に、おもわず息を呑んで半次が問いかける。

「大丈夫ですか。相手は天下の旗本、後々面倒なことになりませんか」

「なるかもしれぬ。が、このまま何もしなければ、評定所は高岡を、譴責ていどの処分ですますかもしれぬ」

呆れ返って、半次が素っ頓狂な声を上げた。

「そんな馬鹿な。丁稚が無礼打ちにあったかもしれないんですぜ。どう考えても」

ちらり、と檜山を睨みつけて、半次がつづけた。

「この野郎がやらかしたことは、糸倉屋さんから早く金を引き出すためにめぐらした高岡の悪巧みに違いないんだ。そんな野郎を、ただ叱責するだけで野放しにしたら、またどこかで悪さをするに決まっている」

「わしもそう思う。だから、やるんだ。高岡は、ほとぼりがさめたら、また悪行を始めるはずだ。糸倉屋にも今以上のあくどさで、悪さを仕掛けてくるだろう。後顧の憂いをなくすためにも、この野試合、何が何でもやらねばならぬ」

「高岡のことだ。親爺さんの申し入れを受けたとしても、まともに勝負をやるはずがない。必ず大勢の助っ人を連れてきます」

心配する半次に、弥兵衛が応じた。

「その通りだ。おそらく室田道場の連中を助太刀として連れてくるだろう。だから、わしも助っ人を頼む」

「助っ人を?」

訊き返した半次に、弥兵衛が告げた。

「半次、五郎蔵のところへ走ってくれ。火消したちを率いて野試合に立ち合ってほしい、と頼みたい。これから書状をしたためる。五郎蔵に届けて、返事をもらってきてくれ」

「わかりやした。お頭は必ず引き受けてくれます。高岡への果たし状も、あっしが届けます」

弥兵衛がこたえた。

「果たし状は、わしと啓太郎が届けに行く。陰ながら津村も連れて行く。相手は高岡だ。何があるかわからぬからな。半次は駕籠を手配し、その駕籠に檜山を乗せて、野試合の場へ連れてきてくれ」

「どこで野試合をやるんですか」

訊いてきた半次に弥兵衛が告げた。

「場所は柳原堤下の柳森稲荷そば。時は明後日暁七つ。あのあたりは夜鷹が多く出るところだ。しかし、朝はほとんど人がこない」

檜山を見やって、半次が問いを重ねた。

「こいつは、それまでここに閉じ込めておくんですね。見張りは、交代でやるんですか」

「手があいている者が見張ることにしよう。糸倉屋には、この物置には人を近づけないように頼んでおく」

「果たし状とお頭あての書状を書いてきてください。あっしは見張りをします」

「糸倉屋で墨と硯に筆、紙を貸してもらう」

そう告げて、弥兵衛が物置小屋から出て行った。

五

糸倉屋に泊まった半次は、翌朝、弥兵衛の書状をたずさえて、八代洲河岸の定火消屋敷へ向かった。

前夜、紀一郎と向後のことを打ち合わせるために、いったん離れへ帰った弥兵衛は、深更に糸倉屋へもどってきて、半次と交代しながら、檜山を見張りつづけた。

啓太郎とお加代は、高岡が檜山をとりもどしにきた時に備えて、糸倉屋の警戒にあたっている。

定火消屋敷に帰ってきた半次を、五郎蔵は自分の部屋に呼び入れた。

対座するなり、半次が話しかけた。

「親爺さんからお頭宛ての封書を預かってきました。返事をもらってきてくれ、ということです」

「やっとわしの出番がきたか」

にやり、として五郎蔵が手を出した。

懐から封書を取り出した半次が、五郎蔵に手渡す。

受け取った五郎蔵が封をはずし、書状を開いた。

読みすすむ。

書状を置いて、五郎蔵が告げた。

「万事引き受けました、と松浦さまに伝えてくれ。明日暁七つ、柳原堤下の柳森稲荷のそばへ、腕っ節の強い火消人足を二十数人ほど連れていく、とな」

微笑んだ半次が、

「伝えます」

と応じ、腰を浮かしかけて、ことばを継いだ。

「すぐにもどらなければいけないんで、これで引き上げます」

立ち上がった半次に、五郎蔵がことばをかけた。

「一件も大詰めだ。気を抜くなよ」

「油断大敵といいやす。最後の最後まで、手は抜きません」

笑みを浮かべて半次が応じた。

糸倉屋の物置小屋にもどってきた半次と、檜山の見張りを交代して、弥兵衛は啓太郎とともに高岡の屋敷へ向かった。

そして今……。

物見窓ごしに声をかけ、窓を開けた門番に果たし状を渡した弥兵衛は、高岡玄蕃の返事を待って、表門の前に立っている。

屋敷の一間で、読み終えた弥兵衛からの書状を間に置いて、高岡と浅井が話し合っている。

「天下の旗本の殿に、果たし状を突きつけてくるとは、あまりにも身のほどを知らぬ奴。どう始末をつけましょうか」

うむ、と呻いて高岡が応じた。

「評定所の目安方のひとりが、茶屋の親爺と目安状には記しているが、隠居する前は、北町奉行所例繰方の与力で松浦弥兵衛という者だ、とこっそり教えてくれた。知り合いの旗本を通じて、北町奉行の永田殿に、松浦弥兵衛に今後は目安箱に目安状を投げ込まないように命じてくれ、と申し入れてもらったが、まさか、野試合を申し入れてくるとはな」

自嘲(じちょう)気味に含み笑いをして、高岡がことばを継いだ。

「目安方の役人が耳打ちしてくれたときは、しょせん不浄役人の北町奉行所の元与力、たやすく動きを封じることができると見くびったのが誤りだった」

うむ、と首をひねって、さらにつづけた。

「檜山は、わしがやってきたことをすべて知っている。目安箱の前に晒されたら、できうるかぎり軽い仕置きですまそうと動いてくれている者たちも、わしをかばいきれなくなる」

「それでは殿は」

「いまは檜山を取りもどすことを第一に考えるべきだろう。野試合の申し入れ、応じるしかない」

「真剣での野試合は、命のやりとり以外の何ものでもありません。柳生新陰流皆伝の殿が、よもや不覚を取るとは思えませんが、助勢する者がいたとはいえ。弥兵衛も室田を斬り捨てたほどの腕前、油断はできませぬ」

「檜山の身柄が目安方の役人に押さえられ、厳しい取調が始まったら、やってきたことを洗いざらい白状するかもしれぬ。檜山にはもろいところがあるからな。そうなればわしは間違いなく厳しく処断される。必勝の手立てを講じて、野試合をやるしか手はない」

「やむを得ません。返事を待っている弥兵衛に、野試合に応じる、と伝えましょう」

無言で、高岡がうなずいた。

表門の潜り口の扉が、なかから開けられた。

くぐって浅井が出てくる。

身構えて、弥兵衛と啓太郎が振り向いた。

浅井が声をかけてきた。

「殿は野試合に応じる、と仰有った。明日暁七つ、柳森稲荷のそばで落ち合おう。ただし、無事な檜山の姿を見ることができなかったら、野試合は取り止めということにさせてもらう」

「承知しました。それでは、これで」

頭を下げて、弥兵衛が浅井に背中を向ける。啓太郎がならった。

歩き去る弥兵衛たちの姿が次第に遠ざかっていく。

潜り口から出てきた高岡が、見送る浅井の背後に立った。

声をかける。

「室田道場の残党に命じて、腕の立つ助っ人を集められるだけ集めるのだ。斬り落とした弥兵衛の首を持参して、糸倉屋にありったけの金を吐き出させる。目安方の動きを金の力で封じ込んでみせる」

吐き捨てた高岡が、怒りに目をぎらつかせた。

六

柳原堤下は、まだ闇のなかにあった。

垂れ込めた黒雲の東の一角が穿(うが)たれ、夜明けの兆しか、空が薄墨を流したような色に染まり始めている。

いつも深更まで客を引いている夜鷹たちの姿はとうに消え、犬の遠吠えもめったに聞こえない堤下に、この日は、ただならぬ気配が漂っていた。

猿轡をはめられた檜山が、柳森稲荷近くの立木に縛りつけられている。

その前に、仕込み杖を手にして立つ、茶屋の主人姿の弥兵衛が見えた。

傍らに、長脇差を腰に帯びた啓太郎と半次が肩を並べて控える。

少し離れて、五郎蔵に率いられた定火消二十余人が横ならびに隊列を組んでいた。

火消したちみんなが、長鳶口を手にしている。

袴の股立ちをとった高岡玄蕃が、対峙する弥兵衛を睨みつけていた。

半歩後ろに、浅井がしたがう。

その背後に、浪人二十余人が横長にならんでいた。

大刀の柄に手をかけて、浪人たちが一歩迫る。

見据えていた五郎蔵が、高々と右手を掲げた。

合図がわりの所作に、火消したちが一斉に二歩前へ出る。

長鳶口を胸の前で構え、烈々たる殺気を発して睨みつけた。

気圧されて、浪人たちが一歩後退る。

いまいましげに、高岡が小声で浅井に話しかけた。

「室田道場の残党たちは意気地なしだ。火消したちをおそれて、戦う素振りもみせない。相手の出方を見ているだけだ。果たし合いをするしかないか」

「そうですね。このまま睨み合っていても、無為に時が流れるだけです」

「昨日打ち合わせた、第二の策を決行するしかない。手はずどおり、わしが斬り合いを始めたら檜山に駆け寄り、突き殺せ。生き残って、くだらぬことをしゃべられたら何かと面倒だ」

「おまかせください。必ず仕留めます」

剣呑（けんのん）な目つきで、浅井が応じた。

「始めるぞ」

無言でうなずき、浅井が大刀の鯉口（こいぐち）を切った。

一歩前に出て、高岡がよばわる。

「勝負だ」

「いざ」

応じた弥兵衛が、仕込み杖を脇に抱え込む。

八双に構えた高岡が、弥兵衛へ向かって駆け寄った。

身を低くし、居合抜きの構えで弥兵衛が迎え打つ。

突然、駆け出す足音がした。

大刀を抜きながら、浅井が檜山に向かって走る。

刀を前に突き出した格好で迫る浅井に、檜山が叫んだ。

「何をする。止めろ」

その声に啓太郎が、

「しまった」

呻いて、長脇差を抜きながら、浅井に走り寄る。

檜山の胸を、浅井が大刀で突き刺した。

断末魔（だんまつま）の絶叫を檜山が発するのと、躍り込んだ啓太郎が、すれ違いざまに浅井の横腹を斬り裂くのが同時だった。

深々と断ち切られ、浅井が頽れる。

「くそっ、一瞬遅れた」

歯ぎしりして、啓太郎が無念そうに顔を歪めた。

胸から背中を貫き、幹まで達した大刀が、檜山の胸元に突き立っている。

激烈な高岡の袈裟懸けの一撃を、弥兵衛が下段からの一太刀で撥（は）ね返す。

撥ね上げた弥兵衛の太刀の勢いに耐えられずのけぞった高岡が、怒りの形相（ぎょうそう）で吠えたてた。

「おのれ、猪口（ちょこ）ざいな。許さぬ」

大上段に大刀を振り上げて斬りかかる。

横転して刃を避けた弥兵衛が、立ち上がりざま刀を振り下ろした高岡の腋の下へ突きを入れた。

心ノ臓を貫いたか、高岡が目を剝き、呻いて激しく痙攣する。

引き抜かれた仕込み杖を追うように、高岡が横倒しに崩れ落ちた。

倒れ込む高岡を見た浪人たちが、たがいに目配せし、一斉に逃げ出していく。

横たわる高岡を、油断なく見つめながら近寄った弥兵衛が、太股に仕込み杖を突き刺す。

高岡は身動きひとつしない。

絶命していることをたしかめた弥兵衛が、五郎蔵を振り返った。

声をかける。

「お頭、ご苦労でした。引き上げてください。後始末は、わしらでやります」

「それでは、これで」

会釈した五郎蔵が、火消したちに声をかける。

「帰るぞ」

歩き出した五郎蔵に、火消したちがつづいた。

息絶えた檜山へ歩み寄った弥兵衛に、啓太郎と半次が近寄ってくる。

弥兵衛がふたりに声をかけた。

「檜山の躰から、刀を抜いてやれ」

「わかりやした」

応じた半次に、啓太郎が告げた。

「刃先が幹に達していて、厄介だ。おれが刀を抜く。檜山を押さえていてくれ」

ふたりが檜山のところへ向かうのを見届けた弥兵衛が、柳森稲荷へ向かって声をかける。

「津村、見てのとおりだ。近くの自身番へ行き、骸を片づけさせてくれ」

柳森稲荷の塀の陰から出てきて、津村がこたえた。

「おまかせください。万事つつがなく」

「頼む」

告げた弥兵衛が、半次と啓太郎を振り向く。

ふたりが檜山を横たえたところだった。

「引き上げるぞ」

声をかけて、歩き出す。

笑みを浮かべて顔を見合わせた啓太郎と半次が、小走りに弥兵衛の後を追った。

七

三日後、北町奉行所の一間で、弥兵衛は中山と向かい合っていた。中山の斜め脇に紀一郎が控えている。

北町奉行永井正直から聞いた話を伝えるために、中山は弥兵衛を呼び出したのだった。

「昨日御奉行から、評定所が高岡玄蕃をどう処置したか、話があった。高岡は、家来ふたりとともに病で急死した、と親族から届け出があった。食あたりだそうだ。高岡の病死により、評定所目安方の調べは打ち切られた。高岡には子がいなかったので、親族の誰かが養子に入り、家督を継ぐらしい」

中山のことばに苦虫を嚙み潰したような顔をして、弥兵衛が吐き捨てた。

「糸倉屋が用立てた金については、何の話もでなかったのか。結句、死人に口なし。家督を継いだ者は、知らぬ存ぜぬと言い逃れて、踏み倒すに決まっている。武士の食い物になる町人たちは多い。公儀は、そんな町人たちを救済することはない。知らぬ顔の半兵衛だ」

弥兵衛をなだめるように、中山が声をかけた。

「金は失ったが、糸倉屋の命はたすかった。町奉行所が手を出せないことをいいことに、旗本たちは金を貸りた大店の主人を何人か、辻斬りを装って殺している。成り行きからみて、旗本たちがやったことだと推断できても、町奉行所は旗本たちを調べることもできない。例繰方として多くの覚書を控えてきた松浦殿も、そのあたりのことは、よく知っているはずだ」

「知っている。おかしなことに旗本、御家人たちは厳しい取り立てにあっても、貸主の札差には手を出さない。扶持米を金に替えてくれる相手だからだ。銭屋にも、弱腰だ。辻斬りにあうのは、金を貸した呉服問屋など出入りの商人だけだ。相手を見極めてやっている。許しがたい連中だ」

腹立ちがおさまりそうもない弥兵衛に、中山が言った。

「此度の裁きで、ひとつだけよいことがあった」

「よいこと？」

問い返した弥兵衛に、笑みをたたえて中山が告げた。

「高岡は食あたりで急死した、と評定所は断じた。松浦殿と高岡の野試合はなかった。そう公儀は判断したのだ。これでおぬしは、この一件にかんしては無罪放免。

未来永劫、罪に問われることはない」

一瞬呆気にとられた弥兵衛だったが、すぐに納得してうなずいた。

「たしかにそうだ。面倒なことにならずにすんだ。まずはよしとしよう」

わきから紀一郎が口をはさんだ。

「この上ない落着でした。よかった」

「高岡家は家禄四千石、名門ともいえる大身旗本。幕府にしてみれば、ほかの大身旗本たちの手前、家禄召し放ちなど冷たいあしらいをするわけにもいかなかったのだろう。糸倉屋には悪いが、ここらがこの一件の落とし所かもしれぬ」

しんみりした口調で、弥兵衛がつぶやいた。

その夜、離れの勝手で、弥兵衛は羊かんづくりに熱中していた。

(最初に参考にした羊かんのつくり方に、隠し味として、塩を少々加えたらうまみが増すのではないか)

与力の出で立ちから、茶屋の主人の格好に着替えるために離れへ帰る途中、そう思いついた弥兵衛は、見世へもどることなく、久し振りに羊かんをつくり始めたのだった。

できあがった羊かんを味見した弥兵衛の顔がほころんだ。

「うまい」

思わず口に出していた。

「もう一つ、食べてみるか」

黒文字(くろもじ)で羊かんを切って、つまんで口へ運ぶ。

「やはり、うまい。藤むらの羊かんとは違うが、これはこれで上出来だ。お松とお加代に味見させて、うまい、と言ったら、啓太郎母子と糸倉屋、半次と五郎蔵を招いて、茶屋の縁台で試し味見の催しでもやるか。もう一口」

黒文字を手にして、羊かんを切り、つまんで食べた。

ゆっくりと口を動かし、味わう。

「実にうまい。お松たちに相談するまでもない。我ながら自信作だ。試し味見の催し、二日後に開こう」

再び黒文字を手にとって、羊かんを切る。

つまんで口に入れた弥兵衛が、口を動かしながら、満面に笑みをたたえた。

二日後、茶屋の外にならべた縁台の一方に、啓太郎をはさんでお郁と栄蔵が、別の縁台に半次と五郎蔵が腰をかけている。

それぞれの傍らに茶と数切れの羊かんを載せ、黒文字を添えた皿が置いてある。

縁台の前に立った弥兵衛が、笑みを向けて話しかける。

「急な呼びかけに、集まってくれてありがとう。苦心惨憺（さんたん）つくりあげた北町奉行所前腰掛茶屋特製の羊かん、ご賞味あれ」

一様に笑みを返して、啓太郎たちが一斉に茶を一口飲み、羊かんを黒文字で刺して口へ運んだ。

真剣な顔つきで口を動かす。

最初に、

「うまい」

と声を上げたのは五郎蔵だった。

「親爺さん、いいよ」

半次が舌鼓（したつづみ）を打つ。

「おいしい」

とお郁が微笑んだ。

「これはいける」

と栄蔵が、別の一切れに黒文字を刺す。

「親爺さん、やったね。上出来だ」

黒文字で刺した二切れめの羊かんを、啓太郎が口に入れた。

三人が、顔を見交わし微笑み合う。

半次と五郎蔵も、食べながら談笑していた。

そんな啓太郎たちや半次たちを見ている、弥兵衛の顔もほころんでいる。

見世のなかから、丸盆を手にしたお松とお加代が動きを止めて、弥兵衛たちを見つめていた。

弥兵衛たちをやんわりと包み込むように、きらめく陽光が降り注いでいる。

本書は書下ろしです。

実業之日本社文庫　好評既刊

吉田雄亮
俠盗組鬼退治

強盗頭巾たちに襲われた若侍の手にはなぜか富くじの木札が。江戸の諸悪を成敗せんと立ち上がった富豪旗本と火盗改らが謎の真相を追うが……痛快時代小説！

よ5 1

吉田雄亮
俠盗組鬼退治　烈火

俠盗組を率いる旗本・堀田左近の周辺で立て続けに火事が。これは偶然か、それとも…!? 闇にうごめく悪と仕置人たちとの闘いを描く痛快時代活劇！

よ5 2

吉田雄亮
俠盗組鬼退治　天下祭

銭の仇は祭りで討て！　札差が受けた不当な仕置きに山師旗本と人情仕事人が調べに乗り出すが、神田祭が突然の危機に…痛快大江戸サスペンス第三弾。

よ5 3

吉田雄亮
草同心江戸鏡

長屋の浪人にして免許皆伝の優男、裏の顔は!? 浅草は浅草寺に近い蛇骨長屋に住む草同心・秋月半九郎が江戸の悪を斬る！　書下ろし時代人情サスペンス。

よ5 4

吉田雄亮
騙し花　草同心江戸鏡

旗本屋敷に奉公に出て行方がわからなくなった娘たちはどこに消えたのか？　草同心の秋月半九郎が江戸下町の闇に戦いを挑むが……痛快時代人情サスペンス。

よ5 5

実業之日本社文庫　好評既刊

吉田雄亮
雷神　草同心江戸鏡
穏やかな空模様の浅草の町になぜか連夜雷鳴が響く。雷門の雷神像が抜けだしたとの騒ぎの裏に黒い陰謀の匂いが……人情熱き草同心が江戸の正義を守る！
よ5 6

吉田雄亮
北町奉行所前腰掛け茶屋
北町奉行所の前で腰掛茶屋を開く老主人・弥兵衛は元与力。不埒な悪事を一件落着するため今日も探索へ繰り出し…名物料理と人情裁きが心に沁みる新捕物帳。
よ5 7

吉田雄亮
北町奉行所前腰掛け茶屋　片時雨
名物甘味に名裁き？　貧乏人から薬代を強引に取り立てる医者町仲間と呼ばれる集まりが。彼らの本当の狙いとは？　元奉行所与力の老主人が騒動解決に挑む！
よ5 8

吉田雄亮
北町奉行所前腰掛け茶屋　朝月夜
茶屋の看板娘お加代の幼馴染みの女が助けを求めてきた。駆け落ちした男に捨てられ行き場のなくなった女は店の手伝いを始めるが、やがて悪事の影が……!?
よ5 9

あさのあつこ
花や咲く咲く
「うちらは、非国民やろか」――太平洋戦争下に咲き続けた少女たちの青春と運命をみずみずしい筆致で描いた、まったく新しい戦争文学。（解説・青木千恵）
あ12 1

実業之日本社文庫　好評既刊

あさのあつこ
風を繡う　針と剣　縫箔屋事件帖
剣才ある町娘と、刺繡職人を志す若侍。ふたりの人生が交差したとき殺人事件が――一気読み必至の時代青春ミステリーシリーズ第一弾！（解説・青木千恵）
あ122

泉ゆたか
猫まくら　眠り医者ぐっすり庵
江戸のはずれにある長崎帰りの風変わりな医者と一匹の猫がいる養生所には、眠れない悩みを抱える人々が――心ほっこりの人情時代小説。（解説・細谷正充）
い171

泉ゆたか
朝の茶柱　眠り医者ぐっすり庵
今日はいいこと、きっとある――藍の伯父が営む茶問屋で眠気も覚める大騒動が!? 眠りと心に効く養生所〈ぐっすり庵〉の日々を描く、癒しの時代小説。
い172

井川香四郎
桃太郎姫　もんなか紋三捕物帳
男として育てられた桃太郎姫が、町娘に扮して岡っ引の紋三親分とともに無理難題を解決！　歴史時代作家クラブ賞・シリーズ賞受賞の痛快捕物帳シリーズ。
い103

井川香四郎
桃太郎姫七変化　もんなか紋三捕物帳
綾歌藩の若君・桃太郎、実は女だ。十手持ちの紋三のもとでおんな岡っ引きとして、仇討、連続殺人など、次々起こる事件の〈鬼〉を成敗せんと大立ち回り！
い104

実業之日本社文庫　好評既刊

河治和香
どぜう屋助七
これぞ下町の味、江戸っ子の意地！　老舗「駒形どぜう」を舞台に描く笑いと涙の江戸グルメ小説。料理評論家・山本益博さんも舌鼓！（解説・末國善己）
か81

倉阪鬼一郎
人情料理わん屋
味わった人に平安が訪れるようにと願いが込められた料理と丁寧に作られた器が、不思議な出来事と人の縁と幸せを運んでくる。書き下ろし江戸人情物語。
く45

倉阪鬼一郎
しあわせ重ね　人情料理わん屋
身重のおみねのために真造の妹の真沙が助っ人に。そこへおみねの弟である文佐も料理の修行にやって来たことで、幸せが重なっていく。江戸人情物語。
く46

倉阪鬼一郎
夢あかり　人情料理わん屋
わん屋へ常連の同心が妙な話を持ち込んだ。盗賊を追い、偶然たどり着いた寂しい感じの小料理屋。そこには驚きの秘密があった!?　江戸グルメ人情物語。
く47

倉阪鬼一郎
きずな水　人情料理わん屋
順風満帆のわん屋に、常連の同心が面白そうな話を持ち込む。ある大名の妙案で、泳ぎ、競馬、駆ける三種を三人一組で競い合うのはどうかと。江戸人情物語。
く48

実業之日本社文庫　好評既刊

津本 陽
信長の傭兵
日本初の鉄砲集団を組織した津田監物に新興勢力の織田信長も加勢を仰ぐ。天下布武の野望に向け、最大の敵・本願寺勢との決戦に挑むが!?（解説・末國善己）
つ22

津本 陽
鬼の冠　武田惣角伝
大東流合気柔術を極めた武術家・武田惣角。幕末から昭和まで、闘いと修行に明け暮れた、漂泊の生涯を描く、渾身の傑作歴史長編。（解説・菊池 仁）
つ23

津本 陽
戦国業師列伝
前田慶次、千利休、上泉信綱……混乱の時代に、特異な才能で日本を変えた「業師」たちがいた！　その道を究めた偉人の生きざまに迫る短編集。（解説・末國善己）
つ24

津本 陽・二木謙一
信長・秀吉・家康　天下人の夢
戦国時代を終わらせた三人の英雄の戦いや政策、人間像を、第一人者の対談で解き明かす。津本作品の名場面再録、歴史的事件の詳細解説、図版も多数収録。
つ25

津本 陽
深淵の色は　佐川幸義伝
大東流合気武術の達人、佐川幸義。門人となった著者が天才武術家の生涯をたどり、師の素顔を通して神業に迫った渾身の遺作。（解説・末國善己、菊池 仁）
つ26

実業之日本社文庫　好評既刊

鳥羽 亮
剣客旗本春秋譚
朋友・糸川の妹・おみつを妻に迎えた非役の旗本・青井市之介のもとに事件が舞い込む。殺し人たちの元締「闇の旦那」と対決‼ 人気シリーズ新章開幕、第一弾！
と213

鳥羽 亮
剣客旗本春秋譚　剣友とともに
老舗の呉服屋の主人と手代が殺された。探索を続ける中、今度は糸川の配下の御小人目付が惨殺された。糸川らは敵を討つと誓う。人気シリーズ新章第三弾‼
と215

鳥羽 亮
剣客旗本春秋譚　虎狼斬り
北町奉行所の定廻り同心と岡っ引きが、大川端で斬殺された。その後も、殺しが続く。辻斬り一味の目的とは。市之介らは事件を追う。奴らの正体を暴き出せ！
と216

東郷 隆
我餓狼と化す
幕末維新、男の死にざま！——新撰組、天狗党から戊辰戦争まで、最後まで屈服しなかった侍の戦いを描く、歴史ファン必読の8編。（解説・末國善己）
と33

東郷 隆
九重の雲　闘将 桐野利秋
「人斬り半次郎」と怖れられた男！ 幕末から明治、西郷隆盛とともに戦い、義に殉じた男の堂々とした生涯を描く長編歴史小説！（解説・末國善己）
と34

実業之日本社文庫　好評既刊

東郷 隆
初陣物語
その時、織田信長14歳、徳川家康17歳、長宗我部元親22歳。戦国のリアルな戦いの姿を描く傑作歴史小説集！（解説・末國善己）
と35

中得一美
嫁の家出
与力の妻・品の願いは夫婦水入らずの旅。けれど夫は……人生の思秋期を迎えた夫婦の「心と体のすれ違い」と妻の大胆な決断を描く。注目新人の人情時代小説。

な71

中得一美
嫁の甲斐性
晴れて年季が明け嫁いだが、大工の夫が大怪我。借金返済のため苦労を重ねる吉原の元花魁・すずの数奇な半生を描き出す。新鋭の書き下ろし新感覚時代小説！

な72

中島 要
御徒の女
大地震、疫病、維新……苦労続きの人生だけどたくましく生きる、下級武士の〝おたふく娘〟の痛快な一代記。今こそ読みたい傑作人情小説。（解説・青木千恵）
な81

中村彰彦
完本 保科肥後守お耳帖
徳川幕府の危機を救った名宰相にして会津藩祖・保科肥後守正之。難事件の解決や温情ある名裁きなど、名君の人となりを活写する。（解説・岡田 徹）
な11

実業之日本社文庫　好評既刊

中村彰彦
真田三代風雲録（上）
真田幸隆、昌幸、幸村。小よく大を制し、戦国の世に最も輝きを放った真田一族の興亡を歴史小説の第一人者が描く、傑作大河巨編！
な12

中村彰彦
真田三代風雲録（下）
大坂冬の陣・夏の陣で「日本一の兵（つわもの）」と讃えられた真田幸村の壮絶なる生きざま！　真田一族の興亡を描く巨編、完結！（解説・山内昌之）
な13

葉室 麟
刀伊入寇　藤原隆家の闘い
戦う光源氏――日本国存亡の秋、真の英雄現わる！『蜩ノ記』の直木賞作家が、実在した貴族を描く絢爛たる平安エンターテインメント！（解説・縄田一男）
は51

葉室 麟
草雲雀
ひとはひとりでは生きていけませぬ――愛する者のために剣を抜いた男の運命は!?　名手が遺した感涙の時代エンターテインメント！（解説・島内景二）
は52

火坂雅志
上杉かぶき衆
前田慶次郎、水原親憲ら、直江兼続とともに上杉景勝を盛り立てた戦国の「もののふ」の生き様を描く「天地人」外伝、待望の文庫化！（解説・末國善己）
ひ31

実業之日本社文庫　好評既刊

平谷美樹
蘭学探偵 岩永淳庵 海坊主と河童
江戸の科学探偵がニッポンの謎と難事件を解く！　歴史時代作家クラブ賞受賞の気鋭が放つ渾身の時代ミステリー。いきなり文庫！（解説・菊池仁）
ひ51

平谷美樹
蘭学探偵 岩永淳庵 幽霊と若侍
墓参りに訪れた女が見た父親の幽霊は果たして本物か!?　若き蘭学者が江戸の不思議現象を科学の力でご明察。痛快時代ミステリー
ひ52

平谷美樹
柳は萌ゆる
幕末、新しい政の実現を志す盛岡藩の家老・楢山佐渡。しかし維新の激動の中、幕府か新政府か決断を迫られる。高橋克彦氏絶賛の歴史巨編。（解説・雨宮由希夫）
ひ53

藤沢周平
初つばめ 「松平定知の藤沢周平をよむ」選
「チャンネル銀河」の人気番組が選ぶ、藤沢周平の市井物を10編収録したオリジナル短編集。作品の舞台を巡る散歩マップつき。（解説・松平定知）
ふ21

谷津矢車
曽呂利 秀吉を手玉に取った男
堺の町に放たれた狂歌をきっかけに、秀吉に取り入った鞘師の曽呂利。天才的な頓智と人心掌握術で大坂城を混乱に陥れていくが……!?（解説・末國善己）
や81

実業之日本社文庫 よ5 10

北町奉行所前腰掛け茶屋　夕影草

2022年6月15日　初版第1刷発行

著　者　吉田雄亮

発行者　岩野裕一
発行所　株式会社実業之日本社
〒107-0062　東京都港区南青山5-4-30
emergence aoyama complex 2F
電話 [編集]03(6809)0473 [販売]03(6809)0495
ホームページ https://www.j-n.co.jp/
ＤＴＰ　ラッシュ
印刷所　大日本印刷株式会社
製本所　大日本印刷株式会社

フォーマットデザイン　鈴木正道（Suzuki Design）

ISBN978-4-408-55737-3（第二文芸）